孤岛之鬼

[日] 江户川乱步 /著

安潇潇 / 译

民主与建设出版社
·北京·

© 民主与建设出版社，2022

图书在版编目（CIP）数据

孤岛之鬼 /（日）江户川乱步著；安潇潇译. --北京：民主与建设出版社，2022.8
ISBN 978-7-5139-3903-4

Ⅰ.①孤… Ⅱ.①江… ②安… Ⅲ.①推理小说－日本－现代 Ⅳ.①I313.45

中国版本图书馆CIP数据核字（2022）第134436号

孤岛之鬼
GUDAO ZHI GUI

著　　者	［日］江户川乱步
译　　者	安潇潇
责任编辑	吴优优　金　弦
封面设计	尚上文化
出版发行	民主与建设出版社有限责任公司
电　　话	（010）59417747　59419778
社　　址	北京市海淀区西三环中路10号望海楼E座7层
邮　　编	100142
印　　刷	三河市骏杰印刷有限公司
版　　次	2022年8月第1版
印　　次	2022年9月第1次印刷
开　　本	880毫米×1230毫米　1/32
印　　张	8
字　　数	165千字
书　　号	ISBN 978-7-5139-3903-4
定　　价	49.80元

注：如有印、装质量问题，请与出版社联系。

目录 CONTENTS

- **序章**
  / 001

- **回忆中的夜晚**
  / 004

- **异样恋情**
  / 012

- **诡异老人**
  / 018

- **没有入口的房间**
  / 022

- **恋人之灰**
  / 032

- **奇特友人**
  / 035

- **景泰蓝花瓶**
  / 042

- **二手商店的顾客**
  / 046

限时明日正午
/ 051

理外之理
/ 055

没鼻子的乃木大将
/ 061

二遇诡异老人
/ 064

出其不意的业余侦探
/ 067

盲点的作用
/ 073

魔法花瓶
/ 079

少年杂技演员
/ 088

乃木将军的秘密
/ 093

"弥陀恩赐"
/ 099

天外之境的来信
/ 104

锯子和镜子
/ 111

骇人的恋情
/ 116

奇特的通信
/ 121

北川刑警与一寸法师
/ 128

诸户道雄的告白
/ 135

恶魔的真面目
/ 141

岩屋岛
/ 147

诸户大宅
/ 153

三日时光
/ 159

替身
/ 166

杀人远景
/ 170

屋顶的诡异老人
/ 174

神与佛
/ 179

残疾大队
/ 184

三角形顶点
/ 191

古井之底
/ 196

迷途森林
/ 202

麻绳断口
/ 208

魔窟之主
/ 212

暗中游泳
/ 215

绝望
/ 220

复仇鬼
/ 223

人间炼狱
/ 228

意外之人
/ 232

灵魂的引导
/ 236

疯狂的恶魔
/ 240

刑警到达
/ 243

大团圆
/ 246

序章

  未到而立之年的我，一头浓密的秀发却早已变得花白。像我这种奇异的情况，恐怕世间难得再见。明明年纪轻轻，却顶着一头宛如昔日白发宰相般的"白帽子"。不清楚内情的人在第一次见到我时，都会一脸狐疑地看向我的头顶。一些不知避讳的人更会由不得我开口问候，就先不由分说地询问我为什么会满头白发。无论提问者是男是女，这个问题都令我不知道该如何作答。除此之外，与我的妻子相熟的女性曾私下里问过我一个问题。这个羞于启齿的问题源于妻子身上的一道骇人伤疤，那伤疤位于左侧腰部到大腿根部，呈不规则圆形，看上去像是大型手术留下的，猩红的模样令人惨不忍睹。

  这两个异常现象并非我们夫妻间的秘密，我更是从不抗拒讲述个中原因。只不过，我所讲述的内容很难获得听众的理解，毕竟这背后有着一个漫长的故事。或许是我的表达能力不大好，哪怕我愿意耐着性子讲出来，听众也很难相信我的话。多数人不相信我所说的一切，甚至把我当作骗子。尽管我的满头白发和妻子身上的伤痕都是毋庸置疑的铁证，但是人们依旧不愿相信。因为我们所经历的事情实在太过匪夷所思。

我曾看过一本名为《白发鬼》的小说。小说讲述了一个贵族被埋葬的时候尚有气息，在无法逃离的墓穴中经历了一番殊死搏斗后，他那头乌黑的秀发在一夜之间变得雪白。我还曾听说一个男性钻进铁桶后，被丢进尼亚加拉瀑布的事。尽管这位幸运的男性没有在坠落中身受重伤，但强烈的惊吓还是让他瞬间白了头发。也就是说，只有经历这种令人亡魂丧魄的巨大恐惧与痛苦，才会让人在顷刻间白头。而我未过而立之年，头发就已花白，应该足以证明我曾经历过世人难以想象的异常情况。妻子的伤痕也是一样。哪怕让外科医生检查那道疤痕，对方也一定难以判断那伤痕因何造成。那伤疤不似切除巨型肿瘤后留下的痕迹，也不是与生俱来的胎记。就算是肌肉内部病变，也不至于留下那么大的创口，哪怕主刀的是个赤脚医生。烧伤治愈后的疤痕也与妻子身上的截然不同。那道伤疤看上去极其诡异，就像是从那里又长出来一条腿，将腿切除后留下的疤。可以说，这不是普通的异常情况所能留下的疤。

我实在受够了每遇到一个人都要被问长问短，更受够了大费周章地讲述自身遇到的情况后，却无法获得对方的信任。我真想把那段世人难以想象的光怪陆离的经历原原本本地呈现在大众面前，让大家知道我们所曾到访的异境，以及那段耸人听闻的过往。思来想去之后，我决定将那段经历写成一本书，如此便可以在别人提出质疑时递出自己的书，并表示一切前因后果在书中都有详细描述，如果有什么疑惑就请自行翻阅吧。

话虽如此，我却没有什么写作天赋。尽管我出于喜好曾看过不少小说，但除了曾在实业学校上低年级时学习过写作文，我就只写过一些商业信函，再无动笔创作过其他作品。不过在翻阅了现在如同流水账般的所谓小说后，我开始认为这种水平的文章自己应该也能胜任。而且我要写的并非杜撰，而是自己的亲身经历，写起来应该更加容易。然而当我鼓起勇气提起笔后，才发现事情远没有我想象的那么简单。首先，正因为是真实发生过的事情，所以写起来才更加吃力，这一点与我的预想截然不同。不善于文学创作的我根本无法驾驭文章，而是一直被文章牵着鼻子走。不是下笔冗长，就是忘记了必须要交代的内容，使得自己的亲身经历比那些无聊的小说更似杜撰。我这才意识到，原来要把真实发生的事情原原本本地写下来，是一件多么困难的事。

短短一个序章，都被我写了撕、撕了写地折腾了不下二十次。最终，我决定从自己与木崎初代的爱情故事开始写起，这样似乎最为稳妥。我毕竟不是小说家，要将自己的恋情一丝不漏地写成文字并展现在大众面前，着实是一件令人羞涩又痛苦的事情。但如果避开这段经历，故事就会有所缺失。所以我不得不强压着内心的羞涩，将自己与初代的关系，以及与另一个人之间的同性恋情一一写下。

表面上故事始于两个月内接连发生的两起离奇死亡事件。不少侦探小说和玄幻小说都是始于杀人案件，但之所以说这段故事非比寻常，是因为身为主角（或是第二主角）的我的女友木崎初代在事件步入正轨之前就惨遭杀害，我所尊敬的业余侦探——被我委托调查初代离奇死亡事件的深山木幸吉也早早遇害。在我所要讲述的诡异故事里，他们二人的离奇死亡事件不过只是开端，这段经历所涉及的罪恶之深令人毛骨悚然。

作为一个创作新手，无论我描述得多么夸张，都很难吸引读者产生兴趣，这着实令人悲哀（但我相信读者很快就能明白这段预告没有半点夸张）。好了，序章部分到此为止，且听我开始这段稚拙的描述吧。

回忆中的夜晚

当时我还是一名二十五岁的青年，正在位于丸之内某大楼办公的贸易商——合资企业S·K商会工作。微薄的月薪几乎都被我用作花销，而我家又没有足够的财力，供W实业学校毕业的我继续进修。

截至这年春天，二十一岁就步入社会的我已经在丸之内工作了整整四年。我的工作是负责管理部分会计账簿，从早到晚都要和算盘打交道。另一方面，我虽然毕业于W实业学校，但非常热爱小说、绘画、戏剧和电影。与其他同事相比，自诩颇具艺术造诣的我更加厌恶这份机械化的工作。我的同事多是一些喜好打扮、性格活泼、脚踏实地的人，他们不是夜夜流连于咖啡馆和舞厅，就是得空便聊起体育，与喜爱幻想又内向的我截然不同。因此我虽在这里工作了四年，却没有一个知心朋友，这让我的工作生涯更加显得百无聊赖。

然而自从半年前起，我不再像过去那样抵触每天清早的上班了。那是因为当时年方十八的木崎初代以实习打字员的身份进入了S·K商会。木崎初代完全符合我从小到大心中理想女性的形象。她的肌肤是带点忧郁的白色，然而并没有病恹恹的感觉；她的身体如鲸骨般柔软有弹性，却又不似阿拉伯马般壮硕；她那白皙的额头比普通女性高出不少，左右不对称的眉毛显得别具一格；单眼皮配上修长的眼睛，仿佛蕴藏着神秘的魅力；不高不矮的鼻子、薄薄的唇瓣、小巧的下颚使紧致的面颊玲珑有致；鼻子和上唇之间的部分比其他人略显狭窄，上唇则是微微向上勾起……再怎么细致形容，也难以描绘出初代的形象。然而她就是如此，虽然不符合一般的美女标准，却让我感受到了无尽的魅力。

内向的我并没有及时抓住机会。足足半年的时间里，我都没有和她交谈过。即使在晨会上撞见，也没有眼神交流（这家公司员工非常多，除了负责相关工作和关系特别亲密的员工，其他人并不会在早上互相问候）。这一天，我不知是怎么想的，突然和她打了声招呼。事后想想，这天的事情——或者说她进入我所在的公司，都是奇妙的缘分作祟。这里所指的并非我们之间萌生的恋情，而是这声问候所引发的前述种种可怕事件，甚至直接改写了我的命运。

当时，木崎初代端坐在打字机前，她的头发全都拢到后面，应该是自己打理的吧，看上去精致极了，穿着一件藕荷色针织衫的她微微有些驼背，正专心致志地敲击键盘。

HIGUCHI HIGUCHI HIGUCHI HIGUCHI HIGUCHI……

只见信纸上密密麻麻写满了不知是什么人的姓氏，大约是读作"樋口"吧。

我本打算说"木崎小姐还真是用心呢"，但是内向的我像往常那样慌了手脚，竟尖锐地叫了一声"樋口小姐"。听到我的声音，木崎初代扭过头淡淡地问了一句："怎么啦？"

她的语气就像小学生般天真无邪。被称作"樋口"似乎并未让她产生丝毫疑虑。于是，我再次慌了手脚。难道是我误会了什么，她其实并不姓木崎？难道她只是在输入自己的姓氏？不断涌现出来的疑问让我一时间忘记羞涩，如连珠炮般向她发问道：

"难道你姓樋口？我还以为你姓木崎呢。"

她微微一怔，顶着逐渐发红的眼眶轻声应道：

"哎呀，是我搞错了……我确实姓木崎。"

"那樋口是谁啊？"

"难道是你的男朋友？"我被自己的疑问吓了一跳，赶忙收住了这句险些脱口而出的话。

"没什么……"

木崎手忙脚乱地将信纸从打字机上拿下，随手将它揉成一团。

之所以我会记下这段平平无奇的对话，自然有我的原因。并不仅仅因为这段对话为加深我们之间的关系创造了机会，更因为她所写下的"樋口"这个姓氏，与她被称作"樋口"时毫不犹豫地随口应答，直接触及整个故事的核心。

这本书的重点并非爱情故事，毕竟要记录的内容实在太多，根本无暇顾及这部分。我只能简单描述一下接下来我与木崎初代的恋爱进展。自从这段偶然的对话过后，我们开始时不时地结伴回家，不过并没有刻意相约。电梯里、从公司走向车站的路上、前往换乘站之间的短暂时光，都成了我们一天里最快乐的时候。虽说她要前往巢鸭方向，而我要前往早稻田方向。渐渐地，我们越发大胆起来。我们会在下班后前往事务所附近的日比谷公园，坐在角落的长椅上短暂地攀谈一会儿，而不再是立刻回家。又或者是在换乘站小川町下车，找一家淡雅的咖啡馆各点一杯茶。花了足足半年时间，清纯的我们才鼓足勇气，走进了一家位于郊区的酒店。

木崎初代和我一样，都是生活在寂寞中的人。我们都不是勇敢的当代青年。令我欣喜若狂的是，如同她的长相完全符合我从小到大的审美一样，我的长相也完全符合她从小到大的喜好。这样说来或许有些奇怪，但我并非第一次得益于这副容貌。有个同样在这段故事中扮演了重要角色的人物——诸户道雄，他毕业于医科大学，在那里的实验室从事奇特的研究工作。在他还是医学生、我还就读于W实业学校时，他似乎就对我颇为爱慕。

在我有限的认知里，诸户的外表和心灵都是最高贵的美男子。虽说我对他并没有产生过非分之想，但是想到自己竟然符合他挑剔的审美，不由得让我对自己的外表产生了几分信心。至于我与诸户的关系，还是放到后面再交代吧。

总之，我与木崎初代在郊区酒店度过的第一个夜晚，令我至今难忘。那天，我们就像一对私奔的小情侣，在一家咖啡馆里越聊越激动，不知怎的全都抹起了眼泪。我要了三杯喝不惯的威士忌，初代也喝了两杯甜甜的鸡尾酒。两个人全都喝到面红耳赤、头昏脑涨。因此，站在酒店前台时，我们并没有感觉到丝毫羞涩。就这样，我们被带到一间墙纸上满是污垢的阴森房间，里面摆着一张大床。直到服务员将钥匙和一壶浓茶摆在角落的桌上，随后默不作声地走了出去，我们才面面相觑。初代看似柔弱，其实内心坚强，但突然酒醒后的她依旧脸色铁青，不住颤抖的嘴唇也变得惨白。

"你怕吗？"我轻声问道，仿佛是为了平复内心的恐惧。

初代默不作声、双眼紧闭，以极其轻微的动作摇了摇头。自不用说，她也非常害怕。

当时的气氛实在是尴尬又怪异。我们都没有想到会变成这样。本以为我们能像其他成年人那样，泰然自若地享受最初的夜晚。然而当时的我们就连躺上床的勇气都没有，更不要提脱下衣服、裸身相待了。鸦雀无声的气氛让我们陷入了极大的焦虑，甚至没能像以往那样相互亲吻，更没有勇气尝试进一步的举动，只能并坐在床边，僵硬地晃动双腿来掩饰尴尬，就这样沉默了一个小时之久。

"那个，我们聊聊天吧。我突然想聊聊小时候的事。"

当她清澈低沉的声音响起，焦虑得早已超出了生理极限的我反而产生了一种神清气爽的感觉。

"嗯，好啊。"我赶忙赞许地答道，"那就聊聊你的经历吧。"

她换了个舒服的姿势，轻声细语地讲了她儿时的奇妙回忆。我竖起耳朵，几乎一动不动地听她讲了很长时间。她的声音就像摇篮曲般悦耳动听。

在这之前和随后的时间里，我曾不止一次听她讲起自己的经历，但从没有像这次这样印象深刻。时至今日，我仍能清晰想起她说的每一句话。然而她的身世与这段故事并没有太大关系，所以我只打算简单记下与这段故事有关的那一部分。

"我曾对你提起，我不知道自己的亲生父母是谁。现在的母亲——你还没有见过——她和我住在一起，我也是为了她才出来工作的。她曾经告诉我：'初代呀，你是我们夫妻俩年轻时从大阪的川口码头捡来后，悉心抚养长大的孩子。当时的你躲在汽船候船室的阴暗角落抽泣，手里拿着个小小的包裹。我们打开包裹，只见里面有一本族谱，其中应该罗列了你的祖先，还有一张写有你名字和年龄的字条。我们这才知道你名叫初代，已经三岁了。我们没有自己的孩子，就把你当作上天赐予的女儿，带着你去警局办了手续，正式成了你的父母，小心翼翼地将你养大。所以啊，你也不需要和我们见外。虽说你父亲已经过世，家里只剩下我一人，但还是希望你能将我当作真正的母亲。'母亲的话就像是在讲故事一样，在我听来如同白日梦般毫不真实，我也并没有感到丝毫悲伤。然而奇怪的是，眼泪却怎么也停不下来。"

初代的养父在世时，曾经历尽千辛万苦多方调查那本族谱，试图寻找初代的血亲。然而那本族谱早已破旧不堪,而且上面只记录了祖先的姓名、号、谥号。能留下这样的记录,想必是名门望族的武士之家,然而由于没有记载这些人隶属何处、所住何地,因此根本无从查起。

"我真是太笨了,都已经三岁了,竟记不起父母的长相,甚至还被遗弃在人群之中。不过,有两件事让我印象深刻。只要闭上双眼,就能看见它清晰地浮现在黑暗之中。一个是在温暖的阳光照耀下,我在某个海边草坪般的地方,与一个可爱的婴儿游玩。那婴儿可爱极了,而我似乎正以姐姐的身份帮忙照看。眼前是湛蓝的大海,远方有块朦朦胧胧的紫色陆地,看上去像是一头卧在地上的牛。有时我会琢磨,那婴儿是我的亲弟弟或妹妹,他并没有像我这样被遗弃,而是与父母一起幸福地生活在某个地方。想到这一点,我的内心就像针扎一样怀念不已、悲从中来。"

她望着远处,喃喃自语道。她的另一段童年回忆是这样的:"在一座岩石堆成的小山上,我正在半山腰四处张望。不远处有座不知是谁家的大宅子,外面围着万里长城般的庄严围墙,主屋的宏伟屋顶宛如大鹏展翅,旁边白色的大型仓库在阳光照耀下,显得清晰可见。除此之外,四周再没有其他住家。这栋大宅子的另一端,可以看到湛蓝的大海。海的另一侧,又能模模糊糊地看到那片如同卧牛般的陆地。我敢打包票,这里就是我和那个婴儿一同游玩的地方。这个地方曾多次出现在我梦里。每次梦到这里,我都会感叹自己又回去了。走着走着,我会走到那座岩石山。如果我能走遍日本的每一寸土地，肯定能找到与梦中景色分毫不差的地方。那里就是我心心念念的故乡。"

"等一下，等一下。"我打断了初代的话，"这样说或许不太合适，但我觉得你梦中的风景美如画卷，不如让我把它画下来吧。"

"好啊，那我再描述得详细些吧。"

就这样，我拿过桌上篮子里的酒店信纸，用客房的笔绘出了初代口中从岩石山上看到的海岸景色。这幅画正好就在我手边，我打算将它印到这本书上。不过，我做梦也想不到，当时信手拈来的涂鸦之作竟会发挥如此关键的作用。

"哎呀，真是不可思议。就是这样，就是这样。"

看着我完成的画作，初代欣喜若狂地叫了起来。

"这幅画就先让我收着吧。"

说着，我将画折叠起来，小心翼翼地放进上衣内袋，如同怀揣着女友的梦想一般。

在那之后，初代又讲起了她自记事以来的种种悲欢离合。不过这些内容没有必要写下来。总而言之，我们最初的夜晚如同美梦般转瞬即逝。那晚我们并没有留宿酒店，而是在入夜后各自回家去了。

异样恋情

我和木崎初代的关系与日俱增。一个月后,我们在同一家酒店度过了第二个夜晚,从此我们的关系就不再像青涩少年般美好纯洁了。我来到初代家,见到了她慈祥的养母。很快,我和初代就向双方的母亲表达了心意,两位母亲也没有明确表达反对的意见。但当时的我们还太年轻,对我们而言,结婚就像是远方的海岸般遥不可及。

年轻的我们或是如孩童般钩手指、许下誓言,或是互相赠送些稚拙的礼物。我曾花一个月的薪水,购买了相当于初代出生月份数字重量的碧玺戒指送给她。那天,我在日比谷公园的长椅上,用从电影中学来的动作将戒指套在了初代手上。初代像孩子般欣喜若狂(一贫如洗的她从未有过自己的戒指)。随后,她琢磨了一会儿,说:"啊,我想到了。"然后打开她总是随身携带的手提袋,对我说道:

"你知道吗?我刚刚还在纠结,不知道自己该送什么作为回礼。毕竟我买不起什么戒指。不过我想到了一个好东西,就是我曾经和你提过的素昧平生的亲生父母唯一留下的那本族谱。我非常重视它。为了让祖先时刻陪伴在我身边,就连外出时,我都要将它放进手提袋里随身携带。这是唯一一件能将我与远在天边的生母联系起来的东西,无论何时我都不愿与它分离。但我实在没有其他东西可以送给你，所以就把这仅次于自己生命的贵重物件交给你保管吧。你愿意收下吗？它虽然不是什么值钱的东西，而且破旧不堪，但还是希望你能够珍惜。"

说着，她从手提袋里取出一本薄薄的族谱递给我，族谱外面包裹着古色古香的织布。我接过族谱，随手翻阅了一下，只见里面写满了古朴、庄重的名字，名字之间用红线勾勒了出来。

"上面不是写着'樋口'吗？你还记得吗？这是有一次我在打字机上随手敲击时，你看到我输入的姓氏。其实啊，我一直觉得自己真正的姓氏是樋口，而非木崎。所以当时你唤我'樋口'，我才顺口作答。"

她继续说道："虽说这东西看上去并不值钱，而且破旧不堪，但曾经有人出高价购买，就是我家附近的二手书店。或许是我的母亲曾经说漏了嘴，被书店老板听到了吧。但我还是拒绝了他，告诉他无论出多高的价格，这本族谱都绝不可能出售。所以，它或许并不是分文不值呢。"

除此之外，她还孩子气地表示，这就算是我们的订婚信物了。

然而没过多久，一件麻烦事摆在了我们面前。一位无论是从地位、家产、学识上都远胜于我的求婚者突然出现在初代面前。那个人找来一位高明的媒人，对初代的母亲发起了猛烈的说媒攻势。

就在我们交换信物的第二天，初代就从母亲口中听说了这件事。她的母亲犹犹豫豫地表示，早在一个月前，这位媒人就通过亲戚找到了自己。这件事让我惊讶不已。不过最令我惊讶的不是这位求婚者远胜于我，也不是初代的母亲似乎更中意对方，而是这位求婚者正是诸户道雄——一个与我有着特殊关系的人。这个事实所带来的冲击足以抹平我的震惊与心痛。

至于我为什么会如此震惊，又不得不提到另一段令我羞于启齿的过往……

就像前面提到的那样，多年以来，医学家诸户道雄一直对我有着某种令人费解的爱慕。我虽然无法理解他的这份感情，但是面对这样一位学识渊博、语出惊人、外表出众的天才，他所表现出的好感并没有让我感觉不适。因此，只要他的言行举止没有过界，他所表达的友谊一直让我甘之如饴。

在W实业学校读四年级的时候，出于家庭原因，更是出于我稚拙的好奇心，虽然家就在东京，但我仍旧跑去神田的初音馆租住。我就是在那里结识的诸户。当时我年仅十七，诸户二十三岁，比我足足大了六岁。听说他是大学生，而且学识出众，让我非常佩服，对他的种种要求更是听之任之。

认识大约两个月的时候，我第一次知道了他的心意。不过并非通过其本人之口，而是通过他朋友之间的闲聊得知的。当时有人到处宣扬"诸户与蓑浦的关系不正常"。自那之后，我开始细细留意，发现诸户只有面对我的时候，白皙的脸颊才会露出些许羞涩。当时我年纪还小，加上学校里也有人半开玩笑地做着同样的事，因此我曾一边想象诸户的心意，一边自顾自地羞红了脸，并没有感到多少不适。

我还想起诸户频频邀我一同去洗澡。我们常在澡堂里为彼此搓背。他会在我身上打满肥皂，就像母亲帮年幼的孩子擦洗一样，从头到脚帮我清洗干净。起初我还以为他是出自好心，但在知道了他的心意后，我并没有刻意阻止。毕竟这点小事并不足以损伤我的尊严。

我们还曾手牵手、肩并肩地外出散步。这也是我刻意为之。有时他的指尖会热情似火地与我十指相扣，我也强压着如小鹿乱撞般的心跳，装作若无其事。不过，我从没有反握住他的手。

除了肢体上的接触，他还全心全意地为我做了许多。比如他曾送给我许多礼物，带我一起去看舞台剧、电影和体育比赛，还为我指导外语。在我考试前夕，他会用比对待自己考试还要认真的态度为我忙前忙后。正是出于他对我的种种关怀，让我至今难忘他的一番情意。

然而，我们的关系并没有止步于此。过了一段时间，诸户只要一见到我，就会变得沉默寡言、唉声叹气。就在我们认识半年左右的时候，我们终于遇到了前所未有的危机。

这天晚上，我们抱怨公寓的饭菜不好吃，便一同来到附近的餐厅。不知为什么，他心烦意乱地拼命喝酒，还不停地劝我喝酒。我根本不会喝酒，但还是在他的要求下喝了几杯。很快，我的脸就变得火烧火燎，脑子也变得飘飘然，仿佛一切都无所谓了似的。

就这样，我们一边放声唱着高中的宿舍歌，一边互相搀扶、脚步趔趄地回到了公寓。

"去你的房间吧，去你的房间吧。"

说着，诸户将我拉进我的房间，房间里还铺着我从不收起的被褥。不知是被他推倒，还是被什么东西绊倒了，总之我一下子躺在了被褥上。

诸户站在我身边，直勾勾地盯着我看了好一会儿，突然开口说了句"你真美"。瞬间，一个异样的念头掠过我的头脑，仿佛我变成了女性，身边站着的美男子是我的丈夫，因为酒醉而泛红的双颊更加凸显了他的魅力。

诸户半跪在我身前，握住了我随意摊出的右手说：

"你的手好热。"

与此同时，我也感受到了他火热的手掌。

我被他的举动吓得脸色铁青，一溜烟缩到了房间角落。诸户的脸上瞬间写满了后悔，仿佛是意识到自己做出了无法挽回的事情。过了一会儿，他哽咽地说道："我开玩笑的，开玩笑的，刚刚是逗你玩的。我不会做这种事的。"

说罢，我们各自把脸别到一旁，低着头沉默了好一会儿。身后突然传来一声闷响，只见诸户趴在了我的桌上。他环抱着双臂，脸趴在上面一动不动。于是，我开始担心他是不是正在流泪。

"希望你不要看不起我。你肯定觉得我很下作吧？我和其他人不同，甚至可以称作异类。但我不知道该如何解释个中原因，有时我甚至会害怕得独自颤抖。"过了一会儿，他才抬起头对我这样说道。

然而此时的我根本不知道他究竟在害怕什么，直到很久以后我们遇上了一件事。

如同我担心的那样，诸户早已泪流满面。

"你能理解我吗？只要你能给予我一丝理解就行。我知道自己不能奢求更多。但是，只求你不要逃避我，希望你愿意陪我聊聊天，愿意接受我的友谊。我会将这份感情压在心底。求你给予我这些许的自由吧。好吗，蓑浦？求你给予我这些许的……"

我依旧默不作声。然而，看到诸户一边苦苦哀求，一边泪流满面的模样，我再也无法抑制住夺眶而出的泪水。

就这样，我一时兴起的租房生活戛然而止。虽然我并没有对诸户心生厌恶，但彼此间的尴尬氛围和我内敛又羞涩的道德观让我无法继续在公寓住下去了。

话说回来，诸户道雄的心态实在让我费解。分别后，他那令人难以理解的爱慕之情不但没有放下，反而随着时间的推移日益浓重。只要我们一遇上，他就会若无其事地倾诉衷肠，不过更多的还是用独特的情书来抒发情感。当时我已经二十五岁，但他仍在持续这些行为。纵使我的面容仍旧如少年般稚嫩，我的筋骨并未如成年男子般壮硕，我仍旧有着女性般柔美的风貌，我也依旧无法理解他的心态。

然而就在此时，做出了这种种举动的他突然向我的女友求婚，我自然是目瞪口呆。他所带给我的不仅仅是面对情敌时的敌意，更是一种似是而非的失望。

"难道说……他是听说了我与初代的感情，为了不让我被异性抢走，永远让我在他的心中以独身者自居，才不惜以求婚者的身份阻挠我和初代的恋情？"

我开始胡思乱想，甚至萌生出了这种自恋至极的念头。

诡异老人

这事说来奇怪。一个男人竟然会因为过于爱慕另一个男人，而跑去争夺对方的女朋友。一般人根本想象不出这种奇事。当我萌生出诸户的求婚或许是为了从我身边抢走初代的念头时，我一度嘲笑起自己的猜忌心。然而，猜忌一旦产生，就再也难从脑中赶走。我清楚地记得，诸户曾这样详细描述过自己的异常心理："我无法从女性身上感受到丝毫魅力。我甚至厌恶女性，认为她们肮脏。你能够理解我吗？这并不是羞涩心态在作祟，而是出于更加恐怖的情感。有时我甚至会害怕得如坐针毡。"

生性厌恶女性的诸户道雄竟突如其来地打算结婚，还发起了如此猛烈的求婚，不得不令我产生怀疑。之所以说是"突如其来"，是因为就在不久之前，他还给我寄来一封封异样却又诚恳的情书。甚至就在一个月前，他还邀我一同前往帝国剧场看戏。诸户的邀约自然是出自那份所谓的"爱慕"，他当时的状态很好地证明了这一点。然而就在短短一个月的时间里，他竟毫无征兆地甩了我（听起来好像我们之间有什么暧昧的关系，其实并非如此）。因此在我眼中，他对木崎初代的求婚完全就是"突如其来"。而且他所挑选的对象正是我的女友——木崎初代，如此巧合不得不让我产生怀疑。

　　通过这一连串的分析，相信大家都能理解我的猜忌并非空穴来风。然而诸户道雄那奇特的行动和心理状态，实在难以为常人理解。人们甚至还会指责我疑心病重、搬弄是非。从未像我这样直接接触过诸户异样言行举止的人更是如此。因此，我决定改变一下叙述顺序，先向各位读者阐明随后发生的事情。如此便能证明，我的种种猜忌并非源自疑心病重。和我想象的一样，诸户道雄大肆张扬的求婚就是为了拆散我与初代。

　　说到他的求婚有多么张扬，初代是这样评价的：

　　"简直烦死人了，媒人几乎天天上门游说母亲。而且对方似乎对你的情况了如指掌。他把你家有多少财产、你每月有多少薪水全都告诉了我的母亲，还说你根本没本事供养我的母亲，更不配做我的丈夫。真是太过分了。更气人的是，母亲在看过对方的照片，了解了对方的学历和家境后，彻底动了心。母亲平日里待人和善，但这一次简直就像是变了个人似的。她真是太肤浅了。这段时间我们母女二人变得像仇人一样，只要一开口就会提起这件事，随后争执个不停。"

　　听了初代的抱怨，我不难想象出诸户的求婚有多么猛烈。

　　"一个月前我根本想象不出，这样一个人竟会彻底扭转我们母女间的关系。比如最近母亲经常趁我不在家的时候，翻动我的桌子和置物箱。她似乎是想找到你写给我的信，看看我们之间究竟发展到了哪一步。我这人爱干净，平时都把抽屉和置物箱收拾得整整齐齐，但最近经常被翻得乱七八糟，实在是太气人了。"

母女间紧张的关系令我惊讶不已。初代虽然乖巧、孝顺，但并没有在与母亲的对立中甘拜下风。她选择坚持己见，甚至不惜违背母亲的心意。

这突如其来的障碍让我们之间的关系变得更加复杂，却也更加紧密了。我非常感激初代全然没有为我如临大敌的情敌心动，而是一心只想着我。当时恰逢晚春时分，为了尽量减少初代回家后面对母亲的时间，我们尽可能地在下班后拖延时间，肩并肩地走在灯火阑珊的大路或飘散着阵阵新绿气息的公园里。放假休息的时候，我们常约在郊外的电车车站，一同前往绿意盎然的武藏野散步。现在闭上双眼，我似乎仍能看到那里的小河流水，河面上架起的土桥，看到被誉为"镇守之森"的古老树林，以及那一片片石墙。在这样的美景中，与年仅二十五、仍旧没有摆脱青涩的我肩并肩走在一起的，是身穿华丽的铭仙和服，高高地束着我所钟爱的岩彩颜料色的和服带子的初代。请不要嘲笑我们的幼稚，这是我这段初恋里最美好的回忆。虽然我们相识只有八九个月，但我们早已变得难舍难分。我把工作和家庭全都抛到脑后，只想在这片桃色烟云中尽情飘荡。此时的我已然不再害怕诸户的求婚，因为我坚信初代绝不会变心。就连她的母亲——她在世上唯一一位亲人的指责都让她毫不在乎，我又有什么理由怀疑她会接受除我以外的求婚呢。

时至今日，我仍旧无法忘记那段如梦似幻的美好回忆。然而快乐的时光总是那么短暂。我清楚地记得，那是1925年6月25日，距离我们第一次交流正好过去了九个月。然而就在这一天，我们的关系被迫结束了。并不是因为诸户道雄的求婚成功了，而是因为木崎初代去世了。她的死状无比异常，而她也以离奇凶案被害人的身份，凄惨地离开了人世。

在讲述木崎初代的离奇死亡事件之前，有一件事我要提前知会各位读者。那就是初代过世的几天前，她对我提起过一件怪事。这件事涉及故事的后续内容，还请各位读者不要忘记。

这天，初代在工作期间一直脸色铁青，仿佛害怕着什么。下班后，当我在丸之内的大街上问起她这件事时，她回头张望了一下，随后紧贴着我这样说道：

"昨晚已经是第三次遇上这种事了，每次都发生在我去洗澡的时候。你也知道，我家住在僻巷里，到了夜晚完全是伸手不见五指。就在我随手打开格子窗并走出房间时，一位奇怪的老爷爷就站在我家格子窗前。连续三次都是这样。每次见我打开格子窗，他都会惊讶地转过身，随后若无其事地走开。我觉得在我打开窗子前，他肯定正站在那里偷窥我家中的情形。前两次我还以为是自己想多了，但昨晚又一次遇上了他。他绝不是碰巧路过那里。而且此前我从没在家附近见过这位老爷爷，所以才会心惊胆战，担心这是不是坏事发生的前兆。"

见我表现得忍俊不禁，初代有些生气地继续说道：

"那位老爷爷绝对不是一般人。我从没见过那么诡异的老爷爷。他看上去不止五六十岁，至少也有八十岁了。他弯着腰，后背几乎都要折叠起来了。他走路的时候拄着拐，整个人佝偻得厉害，走路的时候只有脑袋朝向前方。远远看去，他的身高仿佛只有常人的一半，就像是一条扭曲的虫子正在蠕动一样。他的脸上全是皱纹，虽说现在已经看不出来了，但我想他年轻时的长相绝对和一般人不同。我当时害怕极了，加上四周一片漆黑，看不清楚，只隐约借着我家门口的灯光看到了他的嘴唇。他的上唇就像兔子一样裂成两半，与我四目相视时，还有些不好意思地抿嘴一笑。我现在想起他的笑容，仍旧毛骨悚然。这种怪物一样的八旬老翁竟会在三更半夜三次停留在我家门前，怎么想都不正常啊。你说，这会不会是有什么坏事发生的前兆啊？"

此时，初代的嘴唇已经血色尽失，不住地颤抖起来。她肯定是害怕极了。于是，我对她笑了笑，强行安慰是她想多了。就算初代看到的一切都是真的，我们也无法理解这究竟意味着什么，也难以想象一位八旬以上的佝偻老翁能够造成什么威胁。我只把这件事当作是少女初代在胡思乱想，全然没有放在心上。然而事后我才知道，此时初代的直觉竟与事实分毫不差。

没有入口的房间

接下来，该说说1925年6月25日发生的那起可怕事件了。

就在前一天——准确来说是前一天晚上七点，我依旧在和初代聊天。那个晚春的银座之夜令我至今难忘。我平时很少前往银座，但不知怎的，那天晚上初代突然提出想去银座走走。当晚，初代穿了一套纹样精美的全新黑色单层和服。腰带同为黑色系，上面还点缀着些许银色丝线。脚上系着胭脂色带子的草鞋也是全新的。就这样，穿着锃亮皮鞋的我和穿着草鞋的她步调一致，悠然自得地在人行道上漫步。那天我们模仿起了当下流行的新时代青年男女，表现得很是含蓄。恰逢当天是发工资的日子，我们便有些奢侈地选择了一家位于新桥的鸡肉餐厅。我们一边喝酒，一边谈笑风生到晚上七点左右。借着酒劲，我还狂妄地叫嚣着要给诸户点颜色看看。记得当时我们还半开玩笑道，现在诸户肯定正在打喷嚏呢。啊，我是多么愚蠢啊。

第二天，我一边回忆着昨晚分别时初代流露出的我深爱的笑容与她那句值得玩味的话语，一边如沐春风般推开了S·K商会的大门。随后，我像往常一样，首先看向初代的座位。毕竟每天早上谁先到岗，都是我们开心讨论的话题之一。

然而此时上班时间已过，初代仍旧没有出现，就连打字机外面的罩子都没有被掀起。就在我一边觉得不太对劲，一边走向自己的座位时，身后突然传来了尖锐的叫喊声：

"蓑浦，出大事了。你做好心理准备啊，木崎被人杀了！"

叫喊声来自负责人事的总务主任K。

"警方刚刚通知我们，我现在要去看看情况，你要不要随我一起去？"

K半是善意、半是带着想看热闹的语气问道。毕竟几乎全公司的人都知道我和初代的关系。

"好的，我和你一起去。"我机械性地答道，大脑却已经彻底停摆。

和其他同事打了声招呼后（S·K商会的制度非常自由），我与K一同坐上了汽车。

"她是在哪里被杀的，又是谁杀了她？"

车子启动后，我从早已干燥的嘴唇中勉强挤出了这句嘶哑的问话。

"就在她家里。你应该也去过吧？目前还不清楚凶手是谁，真是太可怕了。"

原本性情温和的K摆出了一副事不关己的态度。

过于剧烈的疼痛突然袭来时，人有时不会立刻哭泣，反而会挤出诡异的笑容。悲伤也是一样。当悲伤过于沉痛时，人会忘记流泪，甚至失去感受悲伤的能力。直到一段时间过后，真正的悲伤才会如潮水般一浪又一浪地袭来。对我来说就是如此。无论是在汽车上，还是到了初代家直面她的遗体，我都表现得十分漠然，就像其他前来吊唁的亲朋好友一样，仿佛这件事与自己并无瓜葛。

初代家位于巢鸭宫仲一条说不清是大路还是小巷子的狭窄街道，两旁林立着小型商店和住家。她家和隔壁的二手商店采用了屋顶很低的平房结构，远远看去很是显眼。初代和她的养母就居住在这个拥有三四间屋子的小房子里。

我们到达那里时，尸检工作已经结束，警察正在周围的邻居家走访调查。一位身穿警服的巡查警官像守卫似的站在初代家的格子门前。K和我出示了S·K商会的名片后，被顺利放了进去。

初代的遗体就摆放在六块榻榻米大小的里间。白布罩住了她的遗体，遗体前面一张同样盖着白布的桌上，立着小小的蜡烛和线香。曾与我有过一面之缘的初代的母亲正跪在遗体的枕边哭泣。一位男性呆坐在她身旁，据说是她已故丈夫的弟弟。我跟在K身后简单慰问了初代的母亲几句后，来到桌前行了个礼，随后便轻轻掀开白布，望向了初代的脸。听说她被人刺中心脏，一刀毙命，但此刻她的表情却非常柔和，甚至带有几分笑意，丝毫没有流露出痛苦的神色。那张生前就没有多少血色的脸庞如白蜡般惨白，一双凤眼也紧紧闭着。胸前的伤口被缠上了厚厚一圈绷带，恰如她曾经系着的和服腰带。此情此景不由得让我回想起就在十三四个小时前，初代还坐在新桥的鸡肉餐厅里，对着我面露微笑。瞬间，我的胸口仿佛被一双无形的手紧紧攥住，就像身患顽疾一般。泪水从我的眼中不断涌出，滴滴答答地滑落在遗体枕边的榻榻米上。

不好，我似乎有些深陷回忆，不可自拔。我并不是为了怀念往事而写下这本书。亲爱的读者，请原谅我的伤感抒怀吧。

吊唁当天和几天后，K和我分别在案发现场和警察局接受了调查，警方询问了许多关于初代日常生活的问题。结合这些情况以及从初代的母亲和隔壁邻居处打听来的消息，这起痛彻心扉的杀人事件大约是这样的。

案发前一晚，初代的母亲前往位于品川的小叔子家中商量女儿的婚事。由于相隔较远，她回家时已然超过了凌晨一点。她关好门后，与被吵醒的初代聊了一会儿，便回到了自己的卧室——一个本该称作玄关的四块半榻榻米大小的房间躺下。说到这里，先简单介绍一下初代家的房间构造吧。刚刚提到的四块半榻榻米大小的玄关内侧,是六块榻榻米大小的饭厅,而这个长方形的饭厅又连接着六块榻榻米大小的里间和三块榻榻米大小的厨房。六块榻榻米大小的里间是客厅兼初代的卧室。由于初代要负责撑起这个家,因此给了她条件最好的主卧室。四块半榻榻米大小的玄关坐北朝南,冬天光照充足,夏天凉爽亮堂,很是舒适,初代的母亲便将这里当作客厅,常在这里做些针线活。中间的饭厅虽然宽敞,但与厨房之间隔着一道纸门,采光非常糟糕,而且阴暗潮湿,初代的母亲不喜欢这里,便把玄关当成了卧室。之所以我会详细介绍房间构造,是因为这里的构造正是导致初代离奇死亡事件变得十分棘手的原因之一。而另一个棘手的原因就是初代的母亲有些耳背。加上案发当晚初代的母亲不仅睡得晚,还发生了令她情绪激动的事情,以至于她虽然睡眠时间短暂,但睡得很沉。直到早上六点醒来之时,她都对家里发生的事情浑然不知,更是没有听到任何响动。

六点起床后,初代的母亲像往常一样没有急着打开门,而是来到厨房生好了早已准备妥当的炉子。或许是心中挂念着女儿吧,她随后拉开了饭厅的纸门,走进了初代的卧室。透过滑窗缝隙照进来的光和桌上亮着的台灯,她一眼就看清了屋内的状况。只见初代仰卧在褥子上,她的被子掀起,鲜血染红的胸前插着一把明晃晃的白柄小刀。室内没有搏斗的迹象,初代的脸上也没有痛苦的神情。她就像是被热得掀开了被子一样,静静地死在了屋内。凶手一刀就刺穿了初代的心脏,手法极其老练,应该没有给她带来多少痛苦。

惊慌失措的母亲瞬间瘫坐在地,大声疾呼"来人啊,来人啊"。耳背的她平日里嗓门就大,此刻的拼命呼喊更是彻底惊动了一墙之隔的邻居。随后,情况越发混乱起来。五六个邻居很快赶了过来,但是由于大门紧闭,他们根本无法进入家中。人们一边拍打着正门,一边大声呼喊"老太太,快开门"。还有性子急的人直接跑去后门,但是发现后门也上了锁,无法打开。等了好一会儿,母亲过来把门打开,并解释自己惊吓过度。邻居们这才进入家中,得知了这起可怕的杀人案件。随后,人们有的负责报警,有的前去通知初代的小叔叔,现场一片混乱,几乎整条街道都被惊动了。借用隔壁二手商店年迈老板的一句话,他家的门店俨然变成了"葬礼的临时休息处"。这条街道本就狭窄,加上每户人家都有二三人跑来围观,更让现场乱作一团。

法医尸检显示,凶案发生在凌晨三点前后,然而行凶的原因却不得而知。初代的卧室并没有被翻乱,衣柜等家具也都没有异常。随着调查的深入,初代的母亲发现家里遗失了两件东西。其中一件是初代总是随身携带的手提袋,里面装着她刚刚拿到的薪水。初代的母亲表示,由于案发前夜母女之间发生了一些争执,导致初代没有工夫将薪水从手提袋里拿出,应该是连同袋子一起放在了桌上。

仅凭这一点来看,行凶者多半是夜晚偷盗的贼人。就在那贼人潜入初代的卧室,准备偷走事先盯上的装有薪水的手提袋时,闻声醒来的初代想要喊人或是抵抗,贼人一时情急将手中的小刀刺向初代，随后拿着手提袋溜之大吉。这样的解释倒也说得通。虽然有些奇怪为何初代的母亲没能察觉到异样，但就像前面所说的那样，母女二人的寝室之间有着一定的距离，加上母亲有些耳背，那一晚又因为疲倦睡得很沉，倒也可以理解。而凶手之所以直接刺中初代的要害，可能是为了避免她大声叫喊。

　　说到这里，读者们肯定会疑惑为什么我要详细描述一个普普通通的盗窃薪水的贼寇。上述情况听起来确实平平无奇，但案件本身绝对是非比寻常。不过，我还没有向各位读者透露非比寻常的部分。还请大家不要着急，毕竟说故事是讲究先后顺序的。

　　说到究竟哪里非比寻常，首先，不知为什么，这位盗窃薪水的贼寇将巧克力罐也一起盗走了。这个巧克力罐也是初代的母亲所发现的两件遗失物品的其中之一。"巧克力"三个字让我回想起一件事。前一晚我们在银座散步时，知道初代爱吃巧克力的我带她走进一家糖果店，为她购买了一罐在玻璃橱窗中熠熠发光、外面还点缀着璀璨宝石般美丽图案的巧克力。罐子呈扁扁的圆柱形，约有手掌般大小，包装得精美极了。比起里面的巧克力，我更中意这个罐子本身，随即挑选了这一款。通过初代遗体的枕边散落的几张锡纸，可以推断出她曾在昨晚睡前吃过几块巧克力。这取人性命的贼寇究竟是出于怎样的闲情雅致，才会带走这种不值一提又不值一文的糖果呢？再不然就是初代的母亲记错了地方，抑或是塞到了别的地方？然而警方四处查找过后，确实没有找到消失的巧克力罐。其实区区一个巧克力罐，不管有没有丢失都不是问题。这起凶案的离奇之处在于表面的部分。

那就是这名贼寇究竟是从哪里潜入房间，又是从哪里逃出的呢？首先，这栋房屋有三个常规的出入口。一个是正面的格子门，一个是后面由两扇推拉门组成的后门，一个是初代的房间的门廊。除此之外就是墙壁和严严实实的格子窗。案发前一晚，这三个出入口都被上了锁。门廊旁边的每扇门都插上了插销，无法从中间打开。也就是说，盗贼绝不可能从常规的出入口进入。除了初代的母亲的证言外，最初听到喊声赶来现场的五六位邻居都能充分证实这一点。相信各位读者通过前文的描述已经可以得知，当这些邻居在当天清早敲响初代家的大门，甚至试图破门而入时，正门和后门全都从内侧上了锁，根本无法打开。不仅如此，一行人进入初代的房间后，为了让光照更加强烈，两三个人合力推开了门廊的挡雨门，足见此前挡雨门也被紧紧关着。也就是说，盗贼只可能是从这三个出入口以外的地方进出了这栋房屋，但又该去哪里找这样的地方呢？

警方首先怀疑的是地板下面。这栋房屋只有两处地板下面与外界相通。一处是玄关的脱鞋处，一处是初代的房间面向庭院的门廊。然而玄关的通道早已被厚木板封死，门廊的通道也为了防止猫狗进入，封上了一层铁丝网。这两处封堵近期都没有被拆除的痕迹。

再说个有些污秽的地方吧。卫生间的排污口正好位于初代的房间的门廊处，于是便有人怀疑有没有可能从这里进入。然而这里所采用的并非老式的大型排污口，而是十五厘米见方的小型开口，据说是小心谨慎的房东近期刚刚更换的。显然这里的嫌疑也可以排除掉了。除此之外，厨房屋顶的采光口也没有异常，用来固定的拉绳全都完好无损地系在弯头钉上。另外，门廊外侧庭院的湿滑地面上也没有发现脚印等痕迹。一位刑警甚至顺着天花板可以拆卸的部分爬上了横梁，却只看到上面积了厚厚一层灰，没有其他任何痕迹。也就是说，除了打破墙壁和拆下外侧的窗户，这名盗贼根本没有办法进出这栋房屋。然而不用说也知道，这里的墙壁完好无损，窗户也都钉得严严实实。

除了没有留下丝毫进出的痕迹，这名盗贼还没有在室内留下任何证据。被用作凶器的白柄小刀可以在任何一家五金店找到，完全就像是小孩子的玩具一样。刀柄、初代的桌子和其他任何可以检测的地方，都没有找到一枚指纹。当然也没有遗留任何物品。说得离奇一点，这就像是一个无法进入房间的盗贼杀了人，又盗走了东西。室内只留下杀人盗窃的痕迹，却丝毫不见行凶贼寇的踪影。

我曾在小说中看过类似的案件。例如爱伦·坡的《莫格街凶杀案》、勒鲁的《黄色房间之谜》等，全都讲述了发生在密室之内的凶案。但我一直以为这样的案件只可能发生在西洋建筑里，根本不可能出现在日本这种由薄板和纸门打造的建筑中。然而现在我才意识到世事无绝对。哪怕是再薄的板子，只要打破或者拆除，就一定会留下痕迹。对侦探而言，一厘米厚的板子和三十厘米厚的水泥墙并没有什么本质区别。

看到这里，读者们或许会有一个疑问：在爱伦·坡和勒鲁的小说中，被害人都是独自出现在密室里，所以才显得离奇。但你所说的案件会不会是你在刻意夸大其词呢？就算这栋房屋真的如你所言，是个彻头彻尾的密室，但是除了被害人之外，里面不是还有另一个人吗？各位读者所言极是。当时，法院和警方的人员也都是这样考虑的。

既然完全没有盗贼进出的痕迹，那么能够靠近初代的就只可能是她的母亲。所谓被盗走的两样物品，或许也是她在混淆视听。毕竟要悄悄处理两个小物件根本不是问题。最令人怀疑的是，哪怕中间隔着一个房间，哪怕有些耳背，这位精明能干的老母亲又怎么可能对女儿的丧命毫不知情呢？负责这个案件的检察官应该就是这样考虑的吧。

除此之外，检察官还查到了许多情况。例如这对母女并没有血缘关系，她们最近正因为女儿的婚事而争执不休。

隔壁二手商店年迈的店主也可以证实，就在案发当晚，母亲外出寻求小叔子的帮助，回来后与女儿爆发了激烈的争吵。我所提供的母亲曾趁着初代外出，偷偷翻看她的桌子和置物箱等证言，也进一步加深了警方对初代的母亲的怀疑。

就在初代葬礼的第二天，可怜的母亲终于被警方带走调查。

恋人之灰

初代出事后，我连续请了两三天假，把自己关在屋里，使得母亲、哥哥和嫂子担心不已。除了参加初代的葬礼，我一步也没有迈出家门。

随着时间的流逝，悲伤渐渐涌上心头。虽然我与初代只交往了九个月，但这份情感之深绝不是时间所能衡量的。在三十年的人生里，我曾体会过各种悲伤，然而再没有什么比失去初代更能令我痛彻心扉。十九岁那年，我失去了父亲；次年，唯一的妹妹也离我而去。这两场打击令生性软弱的我悲伤不已，然而这伤痛绝不能与失去初代相比。恋爱真是奇妙，既能带来无与伦比的喜悦，有时又能让人尝尽世上最强烈的痛苦。不知该说是幸运还是不幸，我还没有感受过失恋的滋味。然而在我看来，无论是多么沉痛的失恋打击，终究是能挺过去的。毕竟即使失恋，也不过是与对方形同陌路罢了。然而我与初代深深地爱慕着彼此，不畏惧任何障碍。就像我常常形容的那样，仿佛有片不知来由的桃色云朵将我们紧紧包裹，让我们的身体与心灵全部融为一体、水乳交融。初代是我这一生中无可替代的灵魂伴侣，哪怕是血亲也无法与我这般契合。然而，初代却离开了我。如果她是因病去世，我至少还有机会陪伴在她的病榻之前。但现实是她在开开心心地与我分别了短短十几个小时后，就化作了一尊可怜的蜡像躺在我面前，再也不会开口说话。而且，不知是哪个手段凶残的人一刀刺穿了她柔弱的心脏，让她惨遭杀害。

我泪眼婆娑地翻看初代写给我的每一封信，泪眼婆娑地翻开她送我的记载着她家列祖列宗的族谱，泪眼婆娑地凝望着那日在酒店画下后被我小心翼翼保存至今的她梦中的海边风景。我不愿对任何人开口说话，不愿看到任何人的身影。我只想把自己关在狭窄的书房里，闭着眼睛去陪伴已然不在人世的初代，在心中陪她默默交谈。

葬礼结束后的第二天，我突然想到一件事，便换好衣服准备外出。身后传来了嫂子询问我是否要去公司的声音，但我并没有答复，而是径直走了出去。我并不是去公司，也不是去看望初代的母亲，而是我想起这天早上要为初代拾骨。啊，我要前往那忌讳的地方，亲眼去见证昔日恋人令人悲痛欲绝的灰烬。

我到达的时候，正赶上初代的母亲和亲戚用长长的筷子进行拾骨仪式。我不合时宜地问候了一下初代的母亲，随后便呆呆地站在火化炉前。没有人斥责我的无礼行径。面前的火夫正用火筷粗暴地敲击着一块块灰烬。他就像正在从坩埚的铁渣中翻找金属的冶金师傅一样，将随手拣出的牙齿放进了一旁的小容器里。看着自己的恋人仿佛被当作"物件"一样任人宰割，一种难以名状的锥心之痛向我袭来。但我并不认为自己不该来到这里。因为从一开始，我就带着某个幼稚的目的。

趁着其他人没有注意的时候，我飞快地从铁板上偷走了一把灰烬——我的恋人化作灰烬后的一部分（啊，我竟写下了如此令人羞愧之事)。随后,我来到附近的开阔原野,像疯了一样大声喊叫着各种爱慕的话语,随后将那把灰烬——我的恋人吞入腹中。

完成了这一连串的疯狂举动后,我躺倒在草坪上,被激动异常的情绪深深折磨着。我一边大喊着"我想死,我想死",一边满地打滚。就这样,我在地上躺了很久很久。然而令人羞愧的是,我并没有勇气赴死,抑或是我未能萌生通过死亡与恋人相聚的传统观念。不过相对的,我产生了一个仅次于赴死的强烈又传统的念头。

我深深憎恨着夺走我心爱恋人的凶手。这念头不是为了告慰初代的在天之灵,更像是一种自我满足。我发自内心地诅咒这个凶手。无论检察官如何怀疑、警方如何判断,我都不相信初代的母亲会是杀人凶手。既然初代惨遭杀害,即使室内没有盗贼出入的痕迹,也一定有凶手存在。毫无头绪所带来的焦虑进一步加剧了我的憎恨。我平躺在原野上,不畏刺痛双眼的阳光,目不转睛地盯着晴空中熠熠发光的太阳,并默默许下誓言:

"无论付出怎样的代价,我都要查出凶手、报仇雪恨!"

相信各位读者已经知道,我是个内敛又懦弱的人。事后想想,我自己都说不清为何当时的自己能够下定决心、不畏艰难,为何能够获得完全不符合自己一贯性格的勇气。或许这一切,都是逝去的恋情所带来的吧。恋爱真是奇妙。它时而将人送上喜悦的顶端,时而将人打入悲伤的深渊,时而又为人注入无与伦比的强大力量。

随着激动情绪的逐渐消退，躺在地上一动不动的我开始冷静思考下一步自己该做的事。想了好一会儿，一个名字突然浮现在我的脑海中。想必各位读者已经猜到了，那便是被我唤作业余侦探的深山木幸吉。我无须理会警方的步调，只要亲手抓出凶手就好，不然我绝不能原谅自己。虽然我不喜欢"侦探"的名号，但这一次我愿意成为"侦探"。为此，我这位奇特的朋友——深山木幸吉简直就是最合适的商量对象了。我站起身，快步走向了附近的省线电车车站，只为拜访住在镰仓海岸附近的深山木幸吉。

各位读者，此时的我还太年轻，夺爱之恨令我彻底迷失了自我。我完全没有猜想到前路会有着怎样的艰难险阻，又有怎样的人间炼狱在等待着我。若是我能预想到其中一样，若是我能知道自己不撞南墙不回头的决心会夺去这位我所尊敬的挚友——深山木幸吉的性命，那我或许会放弃这骇人的复仇誓言。然而此时的我丝毫没有这般顾虑。先不论结果如何，好不容易定下的目标多少抚平了我的悲痛，让我迈着坚定的步伐走向了初夏郊外的电车车站。

奇特友人

性格内敛的我在举止浮夸的同辈青年里没有多少挚友，不过我倒是颇受性格有些异于常人的年长朋友的青睐。除了前面提到的诸户道雄，接下来要向各位读者介绍的深山木幸吉无疑是我最为独特的朋友。不知道是不是我有些多心，包括深山木幸吉在内，这些年长的朋友似乎都对我的容貌颇感兴趣。即使排除这些别有用心的目的，相信我身上也一定拥有能够吸引他们的力量。不然这些才华出众的年长者又怎么可能愿意理会我这样的毛头小子。

再说回深山木幸吉，他是公司一位年长的朋友介绍给我认识的。当时的深山木幸吉早已过了不惑之年，却没有妻子儿女，甚至连半个亲戚都没有，彻头彻尾的孑然一身。虽说他没有娶妻，却也不似诸户那样厌恶女性，反而与各种各样的女性过着夫妻般的生活。据我所知，他身边的女性已经换过两三个，每次都不长久。我常常是隔一段时间去拜访他，就会发现之前的女性不见了。其本人表示："我是转瞬即逝的一夫一妻主义者。"换言之，就是见一个爱一个。这样的话不止他一人会说，然而真正能像他这样无拘无束并付诸实践的，恐怕并不多见。想必这也是他的性情使然吧。

他算是一位杂学家，无论问他什么，他都能信手拈来。他不去工作，看起来也没有收入来源，然而家中却有几分积蓄，供他读书享乐，破解世间隐藏的各种秘密。他最喜欢的就是犯罪事件，各种知名的犯罪案件他都不肯放过，时不时还会向专业人士提出有用的建议。

正因为他孑然一身、安于享乐，常常三四天不着家，所以要正好去他家碰上他，实在是难上加难。这天，我边走边担心自己会不会又一次扑空。然而幸运的是，还没走到他家门口，我就发现他人在家中了。因为我听到了从他家里传出可爱的稚嫩声音，伴随着深山木幸吉用我熟悉且又五音不全的浑厚嗓音所唱出的当时的流行歌曲。

走近他家大门,只见西洋小楼的廉价蓝色木门大敞着,四五个活泼的孩子正坐在台阶上,与盘坐在上方门槛处的深山木幸吉一起摇头晃脑地唱着:"我从何处来,将往何处归。"

也许是因为自己没有孩子,深山木幸吉非常喜欢小孩子。他常常召集附近的小孩子,像个孩子王似的带领他们一同游玩。这些孩子也与父母的态度截然相反,非常喜欢这位不受左邻右舍欢迎的怪叔叔。

"哎呀,客人来了,美丽的客人来了。你们还是下次再来玩吧。"

深山木幸吉扫了我一眼,似乎敏锐地读懂了我的表情。他没有像往常那样邀我一起玩,而是送走了孩子们,将我领进客厅。

这里虽说是西洋小楼,但前身应该是间工作室之类的。除了客厅,只有一个小小的玄关和厨房。因此,这个客厅也就成了他的书斋、起居室、卧室兼厨房。室内就像一家二手书店,随处都是堆成小山的书本,其间还夹杂着破旧的木板床、餐桌,以及随手摆放的各类餐具、罐头、荞麦面馆的外卖餐盒等。

"椅子坏掉了,只剩下一张。哎呀,你就随便坐坐吧。"

说着,他盘腿坐在了床单早已肮脏不堪的床铺上。

"找我有事吧?肯定是有事找我吧?"

他用手将凌乱的长发向后梳理着,同时露出了一丝腼腆的表情。每次见我,他都会露出这样的神情。

"是啊，我想借用一下你的智慧。"

我一边看着深山木幸吉身上没有衣领和领带陪衬，如同西方乞丐般的褶皱衬衫，一边开口说道。

"你是不是恋爱了？你的眼神明显是恋爱了。而且你有一阵子没来看我了。"

"恋爱……嗯，是啊……不过她已经死了，被人杀死了。"

我轻声说着，仿佛是在渴求对方的怜悯。话音未落，泪水再一次夺眶而出。我用手捂住眼睛，忍不住地号啕大哭起来。深山木幸吉赶忙走下床，像哄孩子似的在我身边一边拍打着我的后背，一边念叨着什么。不知为何，一丝甜蜜掠过了我心中的悲伤。其实我内心深知，自己的这副态度会令对方产生不必要的期待。

深山木幸吉是个非常好的倾听者。我不需要按顺序梳理自己的故事，只需要回答他的一连串问题。最终，我将第一次与木崎初代交谈到她的离奇死亡一股脑儿地说了出来。在深山木的要求下，我将碰巧带在身边的绘制了初代梦境的海岸景色图，以及她交给我保存的族谱一一拿了出来。深山木盯着这些东西看了好一会儿，然而此时的我为了掩饰泪水，将头扭向一旁，并没有看到他此刻的表情。

把该说的都说完后，我便陷入了沉默，深山木也是一语不发。由于沉默的时间实在太久，以至于垂头丧气的我忍不住抬起头来，却发现眼前的深山木脸色铁青、眼神游离。

"你能够理解我的感受吧？我真心实意想报仇。如果不能亲自找出凶手，我誓不罢休。"

我催促般地轻声说道,然而深山木依旧一语不发。我这才察觉到情况似乎有些异常。平时如东方豪杰般大大咧咧的他竟会如此沉默不语,着实令我惊讶。

"如果我没有猜错,这件事比你所想的——也就是表面呈现出的要复杂、恐怖得多。"深山木思索了好一会儿,才严肃地挤出这几个字。

"比杀人还要恐怖?"我完全猜不透他何出此言,便随口反问道。

"问题就在于杀人的类别。"深山木再次思索了好一会儿,用完全不符合他平日性格的阴沉语气这样答道,"你应该也很清楚,虽然手提包不见了,但这件事绝非普通盗贼所为。而且这个案件之复杂,也完全不似普通的情杀。这个案件背后隐藏着非常狡猾、老练又残忍的凶手。对方的手法绝对非同小可。"

说着,深山木顿了顿。不知为何,他那失去了血色的嘴唇因为激动而颤抖着。我还是第一次看到他露出这样的神情。或许是被他的恐惧所感染,我仿佛也察觉到了隐藏在四面八方的视线。然而愚钝的我完全没有察觉到此时的他已然猜到了我所不知道的事情,更没有察觉到究竟是什么让他如此激动。

"你说初代是被刺穿心脏导致一击毙命?这手法着实老练,完全不似被撞破的盗贼。要一击毙命说来简单,实际上必须拥有娴熟的技术才做得到。而且凶手全然没有留下出入的痕迹,甚至连个指纹都找不到,实在是太厉害了。"深山木不住地赞叹道,"然而更恐怖的是巧克力罐也随之消失了。我还无法猜到个中原因,但是总觉得事情绝对非同小可,令人不寒而栗。还有就是,初代连续三个晚上见到的那位蹒跚老人……"

说着说着,深山木再次沉默不语。

我们各自陷入沉思,面面相觑。室外是熠熠生辉的正午阳光,室内却透出了阵阵刺骨寒意。

"你也认为初代的母亲没有可疑之处?"

为了进一步打探出深山木的想法,我主动开了口。

"根本不用往这方面考虑。就算意见冲突再激烈,也没有哪个深谋远虑的老人会杀死自己的独生子。而且从你的描述来看,她的母亲根本做不出这么恐怖的事情。如果真是她母亲做的,她完全可以悄无声息地藏好手提袋,更没必要说出丢失了巧克力罐这种莫名谎言。"

说着,深山木站起身,瞥了一眼手表道:"现在还有时间,应该可以在天黑前赶到。我们先去初代家看看吧。"

他钻进角落的帘子后面,在里面忙活了一会儿,换了套可以见人的衣服出来。随后,他招呼了我一声,便拿起帽子和手杖大踏步地走了出去。我也赶忙追了上去。此时的我脑海中只剩下无尽的伤痛、复仇的决心,以及一抹异样的恐惧。我根本不知道深山木将那本族谱和我的素描收到了哪里。初代已经不在了,这些失去用处的东西完全没有被我放在心上。

在搭乘汽车和电车的两个多小时里,我们几乎谁也没有说话。哪怕我主动开口,深山木也没有理会,而是一直思索着什么。不过,我清楚地记得他说了一句奇怪的话。这句话与后续发

展关系重大,所以我把它放在这里:

"犯罪过程越精妙,就越像是一个精致的魔术。魔术师无须打开盖子,就能从密封的箱子里取出东西。你能听懂我的意思吧?但这其中暗藏玄机。魔术师能够轻松完成观众眼中不可能实现的事情。这次的案件就像是一个密封的魔术箱。虽说现在我还不敢确定,但是恐怕警方并没有注意到最关键的玄机。哪怕这玄机就明晃晃地摆在眼前,一旦思维模式受到限制,就很难发现关键所在。魔术的玄机几乎全都直接摆在观众面前。凶手进出的地方恐怕完全不似出入口。然而换个角度来看,那里应该是个非常大的出入口,而且看上去门户大开。那里没有上锁,也不需要拆除钉子,或是破坏什么东西。没有人会关闭这个大大的敞口。哈哈哈哈,我的想法既滑稽,又荒谬。但说不定这就是真相。毕竟魔术的玄机总是荒谬无比。"

时至今日,我都无法理解为何侦探总喜欢吊人胃口,甚至幼稚地故弄玄虚。这一点甚至让我有些愤怒。如果深山木幸吉能在自己离奇死亡之前,把他知道的事情对我和盘托出,那么事情根本不会变得那么复杂。然而一如夏洛克·福尔摩斯和奥古斯特·杜邦那样,优秀的侦探总是难以免俗。深山木亦是如此。在亲自参与的案件彻底水落石出之前,他们总喜欢摆出一副故弄玄虚的样子,绝不会轻易向他人道出半句推论。

深山木的这番话让我意识到他或许已经掌握了什么关于案件的秘密,随即请求他把话说清楚。然而出于侦探固执的虚荣心,他再不肯透露分毫。

景泰蓝花瓶

来到木崎家后,居丧祭奠的告示已被摘下,负责看守的巡查也离开了,四周安静得仿佛什么都未曾发生。随后我才知道,当天初代的母亲刚拾骨归来,就被检察院派来的巡查带走接受调查了,她的小叔子便让自家的女佣前来看家。

就在我们拉开格子门准备进去时,一个出乎意料的身影走了出来。尴尬的气氛瞬间在我与对面来人之间盘旋,我们无声地四目相对,谁也没有移开视线。来者正是身为求婚者,却从未在初代在世期间来过木崎家的诸户道雄。不知为何,他会选在这一天登门拜访。诸户穿着一套合身的晨礼服,一段时间未见的他显得有些憔悴。不知道该看向何处的他呆立了好一会儿,才鼓起勇气开口说道:

"啊,蓑浦,好久不见了。节哀顺变。"

我不知道该如何作答,便抿着干燥的嘴唇咧嘴一笑。

"我有话对你说。我在外面等你,等你在里面忙完了,可以出来找我吗?"

不知道诸户是真的有事,还是为了掩饰羞涩的情绪。只见他瞥了深山木一眼,随后这样说道。

"这位是诸户道雄先生,这位是深山木先生。"

我不知是怎么想的,突然结结巴巴地为他们相互介绍了一下。二人都从我口中听说过对方的存在，听我介绍完名字后，他们别具深意地打了个招呼，似乎全都在思索更多关于对方的信息。

"你先随他去吧，不用管我了，只要向这家人介绍一下我就行。我会先留在这里，你有事就去忙吧。"

在深山木若无其事的催促下，我走进房间，向负责看家的熟人简单说明了来意，并介绍了深山木的身份，随后便随着等在外面的诸户一同走进附近一家简陋的咖啡馆，毕竟实在不便走得太远。

就诸户而言，我们的见面意味着他必须对那场异常的求婚做出解释，而我也对诸户产生了一个可怕的疑虑，尽管就连自己都觉得这不可能，但还是想抓住这次的机会，尽可能打探出他的想法。而且深山木建议我随诸户同行时，似乎有些欲言又止。因此，我们不顾彼此间复杂的关系，一同走进咖啡馆内。

时至今日，除了尴尬到令人窒息的气氛，我几乎想不起来当时我们都聊了什么。估计我们并没有进行什么有内容的对话。更何况深山木以飞快的速度结束了手头的工作，并找到了这家咖啡馆。

我们对着眼前的饮料低头不语了好一会儿。苛责和探听真相的想法萦绕在我的脑海里，我却什么都问不出口。诸户的态度也有些莫名的扭捏，仿佛谁先开口，谁就会落败一样。一场奇妙的刺探在彼此间展开。不过，我记得诸户说了这样一番话：

"现在看来，我着实做了对不起你的事。你肯定很愤怒吧？

我真不知该如何道歉。"

诸户反复叨念着这几句话，显得很是局促。就在我还没弄清他究竟为何道歉时，深山木就一把掀开门帘，大跨步走了进来。

"我是不是打扰到你们了？"

他生硬地问道，随后一屁股坐下，毫不客气地打量起诸户来。不知道为什么，诸户一看到深山木的出现，立刻开口向我道别，而后落荒而逃似的离开了，全然没有说清找我出来的目的。

"真是个怪人，居然这么毛毛躁躁的。你们都说了什么？"

"没什么，我也没听明白。"

"真是奇怪。我刚听木崎家的人说，这是初代去世后诸户第三次来到他们家了。而且他还问了许多莫名其妙的问题，并在家里四处巡视了一番。他肯定在打什么主意。不过，他看上去像是个精明的美男子。"

说着，深山木别具深意地瞥了我一眼。他的眼神让我不合时宜地羞红了脸。

"你来得还挺快啊，有没有什么发现？"

为了掩饰羞涩，我慌忙开口问道。

深山木压低声音，一脸认真地表示有不少新发现。与离开镰仓时相比，他的情绪之兴奋看上去有过之而无不及。此时的他应该正在心底盘算着许多我不知情的事情。

"这次的对手应该是久违的劲敌。但仅凭我一人之力恐怕难以应付。总之从今天起，我会把全部精力都投入到这件案子。"他一边漫不经心地用手杖在潮湿的泥土地面上涂鸦，一边喃喃自语道，"大致情况我已经有所推测，但有一点怎么也无法做出判断。其实倒也不是想不明白，反而我已经有了笃定的念头，但如果事实真是如此，那就太可怕了。这真是前所未有的罪恶，简直让人反胃。只有人类的公敌才会做出这种事情。"

他一边念叨着我完全听不懂的话，一边下意识地移动手杖。我定睛一看，只见地面上描绘出一个奇特的图案。那图案看似放大版的烫酒壶，他画的应该是个花瓶吧。瓶身上还被他歪歪扭扭地写上了"景泰蓝"三字。我在好奇心的驱使下不由得问道：

"这不是景泰蓝花瓶吗？景泰蓝花瓶和这个案件有什么关系？"

深山木惊讶地抬起头，这才注意到地面上的图案，赶忙用手杖将图案抹掉了。

"不要大声喧哗。景泰蓝花瓶……没错，你还挺敏锐的嘛。我想不明白的就是这一点。我不清楚该如何解读这个景泰蓝花瓶。"

然而，无论我再怎么追问，深山木都没有继续说下去。

很快，我们就走出咖啡馆，回到了巢鸭车站。由于我们要去的方向正相反，于是便在站台前分别了。临别时，深山木幸吉这样说道："给我四天时间，这段等待时间无法避免。不过或许第五天我就能为你带来好消息。"虽说他吊人胃口的态度让我有些焦躁，但现在我所能做的就是祈求他尽心调查了。

二手商店的顾客

  第二天，为了避免家人担心，我强打起精神前往S·K商会上班。调查一事已经委托给了深山木，我不知道自己还能做些什么，只能茫然无助地寄希望于他所约定的一星期时间。每当下班的时刻来到，我都会想起再也见不到平时总在我身边的人，便悲从中来，独自前往初代的墓地祭拜。每天，我都会准备一束送给恋人的鲜花，并来到她的墓前号啕大哭。每祭拜一次，我心中复仇的念头便会强烈一分，仿佛每次祭拜都能为我注入一种奇特的力量。

  其实等到第二天时，耐不住性子的我已经连夜搭乘汽车前往深山木位于镰仓的家中，然而却扑了个空。向左邻右舍询问过后，我才得知深山木自从前天外出后一直没有回来。看来那天巢鸭分别后，他就直接去了别的地方。此情此景让我意识到，恐怕就算等到我们约好的第五天，我也未必能在这里见到他。

  不过到了第三天的时候，我发现了一件事。虽然我未能理解这件事究竟意味着什么，但勉强也算是个发现。也就是说，我直到第三天，才总算理解深山木庞大想象力的冰山一角。

  那句谜一样的"景泰蓝花瓶"一直在我的脑海中盘旋。那天，我一边在公司里拨弄着算盘，一边不住地想着"景泰蓝花瓶"。不知道为什么，在巢鸭的咖啡馆第一眼看到深山木随手画出的"景泰蓝花瓶"时，我就有一种莫名的熟悉感。这个景泰蓝花瓶曾经在哪里出现过，我也曾经亲眼看到过。而且当时我已经隐约察觉到了这个花瓶与初代之死有所关联。巧合的是，这天算盘上拨弄出的一个数字唤醒了这段沉睡中的记忆。

"我想起来了，我曾经在初代家隔壁的二手商店看到过。"

我在心中兴奋地呐喊道。此时已经过了下午三点，我赶忙请假早退，飞一样赶往二手商店。冲进商店后，我直奔年迈的店主面前，劈头盖脸地问道：

"这里是不是原本摆着两个大号的景泰蓝花瓶？已经卖掉了吗？"我以过路客人的身份开口问道。

"是啊，原本确实有，不过已经卖掉了。"

"那真是太遗憾了，我还想买下呢。究竟是什么时候卖掉的？两个花瓶都被同一个人买走了吗？"

"那两个花瓶本是一对，不过是被两个人分别购买的。那么好的东西，摆在我这样的小店里着实可惜，而且价格也挺昂贵的。"

"是什么时候卖掉的？"

"您来得太不巧了，其中一个是昨晚卖掉的。被一位远道而来的顾客买走了。另一个应该是上月……对，是二十五号卖掉的。那天刚好是隔壁家出事的日子，所以我记得很清楚。"

紧接着，这位健谈的老人便絮絮叨叨地道出了所谓的邻居家事件，我也从中打探到两个消息：第一个花瓶是被一个商人打扮的男性买走的，他前一天就花钱定下了这个花瓶，第二天上午派人过来，带走了早已用布包好的花瓶；第二个花瓶是一位穿西装的年轻绅士买走的，他当场叫来人力车拉走了花瓶。这两位都是过路的客人，店家并不清楚他们来自哪里、身份如何。

之所以我会下意识地将花瓶与案件联系起来，正是因为第一位买家碰巧是在案发当天取走了花瓶。但我想不明白这究竟意味着什么。深山木想到的肯定也是这个花瓶（年迈的店家表示，三天前曾有形似深山木的人打听过花瓶的事，让他印象深刻）。那么为什么深山木会如此重视这个花瓶呢？这其中肯定有他的理由。

"花瓶上是不是有凤蝶图案？"

"正是如此，那黄底花瓶上描绘着大量凤蝶图案。"

我清楚地记得，那花瓶高约一米，底色暗黄，上面绘制着大量银丝勾勒出来的黑色蝴蝶。

"那花瓶是从哪里来的？"

"这个嘛，我是从同行手里收来的，据说是某个破产企业家的处理品。"

早在我第一次拜访初代家，这两个花瓶就已经摆在了店里，距今已经过去很长时间了。然而就在初代离奇死亡后的短短几天里，两个花瓶就被相继卖掉，这真的只是巧合吗？其中究竟意味着什么呢？话说回来，我虽然猜不到第一位买家究竟是谁，但隐约察觉到了第二位买家的身份，遂在离开之前这样问道：

"第二个来买花瓶的人是不是三十来岁，皮肤白皙，没有胡子，右侧脸颊还有一颗显眼的痣？"

"是是，就是您说的这位。他一看就是位高贵儒雅的人。"

果然是他——诸户道雄。就在我告诉店主，这个人曾经来过隔壁木崎家两三次，不知店主有没有见过时，碰巧出现的店主妻子插嘴道：

"是了，就是这位先生啊，老头子。"值得庆幸的是，这位妻子也像年迈的店主一样健谈。

"那位潇洒的先生曾在两三天前……哎呀，他穿着黑色长礼服走进了隔壁家中。就是他没错。"

虽说店主妻子弄混了晨礼服和长礼服，但看起来已经毋庸置疑了。为了以防万一，我还打听出了此人所雇人力车的地址，并前往打探，得知花瓶被送到了诸户居住的池袋。

这样的猜测或许太过离奇，但对待诸户这样的异常人士，本来就不该用常理去揣摩。他根本不可能爱上异性。为了获得同性的爱意，他甚至企图夺走对方的恋人。那场突如其来的求婚是那样的激烈，而他对我的求爱又是那样的疯狂。结合这种种事实，几乎可以断定他在意识到自己对初代的求婚失败后，为了从我手中夺走初代，制订了详细的计划，并犯下了天衣无缝的杀人罪行。他本身就是个极度理智的人。为了完成自己的研究，他不惜用手术刀残忍地切开那些小动物。他不畏鲜血，可以若无其事地将其他生物的性命当作自己的研究材料。

我不禁想起他刚搬到池袋时，我曾在他家撞见的恐怖一幕。

那时他刚搬到距离池袋车站约四公里的偏僻地方。那是一座孤零零的阴森木制洋楼，旁边的分栋被用作实验室。房子周边被砖墙环绕，里面只住着单身的他、十五六岁的学徒工和负责做饭的老太太。家里十分冷清，除了动物的惨叫，几乎察觉不到一丝生活气息。沉迷于异常研究的诸户每天都在大学研究室和家之间过着两点一线的生活。他的研究课题似乎不需要接触病人，而是某项外科方面的新型发明。

这天夜晚，靠近铁门的我听到了实验动物的凄厉叫声。那叫声主要源自于狗。不同的狗所发出的疑似垂死挣扎的叫声沉重地敲击着我的心。想到实验室里可能正在进行残忍的活体解剖，我就不寒而栗。

走进大门，一股强烈的消毒水味扑鼻而来。这味道让我联想起医院的手术室和监狱的刑场。这些动物面对死亡却又无力反抗的骇人惨叫让我忍不住想捂住耳朵，我甚至打算就此离开。

然而此时天还没有亮，主屋的窗户一片漆黑，只有实验室深处亮着灯。我竭尽全力走近大门并按响门铃，仿佛正置身于噩梦之中。等了一会儿，隔壁实验室门口的电灯亮起，屋主诸户站在了那里。他穿着湿漉漉的胶皮手术服，将血淋淋的双手伸向了前方。此时此刻，我仍能清晰地想起那抹猩红在灯下发出的异样光芒。

各种可怕的猜疑萦绕心头，然而我却无从查证，只能垂头丧气地走在黄昏的郊外。

限时明日正午

我与深山木幸吉相约的"第五天"恰逢七月的第一个星期日。这是一个晴空万里、酷暑难耐的日子。早上九点,正当我准备换装前往镰仓时,我接到了深山木发来的电报。他表示想与我见上一面。

夏天的第一批避暑游客让火车变得拥挤不堪。虽说现在还不是海水浴的最佳时节,但是作为酷暑难耐的第一个星期日,湘南的海边早已挤满了避暑的人群。

时不时就有前往海岸的人群在深山木家门口的大道上穿行。出售冰激凌等商品的摊贩更是在邻近的空地竖起旗子,忙着做起了买卖。

然而此时此刻的深山木却一脸阴沉地坐在书堆前陷入沉思,与外面的热闹景象形成了鲜明对比。

"你跑到哪里去了?我还来这里找过你一次呢。"说着,我走进深山木的家中。

他没有站起身,而是指了指一旁有些肮脏的桌面道:"你看看这个。"一张看似信纸的纸张和一个打开的信封摊在桌面上,信上用铅笔歪歪扭扭地这样写道:

你死定了,明日正午就是你的死期。但如果你愿意把手上的那样东西物归原主(你应该知道送去哪里),并发誓保守这个秘密，那就饶你一命。你要在正午之前亲自前往邮局，用挂号邮件将东西寄出，不然就来不及了。要怎么做你自己看着办。报警也救不了你。我可不会蠢到留下证据。"

"这不就是个无聊的恶作剧吗？这封信是邮递给你的？"我若无其事地问道。

"不是的，是昨晚从窗户扔进来的。或许信上说的并不是玩笑话。"深山木一脸认真地答道。只见他脸色铁青，或许真的在害怕着什么。

"太可笑了，这不就是个小孩子的恶作剧吗？还说什么要在正午取你性命，又不是在拍电影。"

"不，你并不知情。我看到了非常恐怖的东西。我的想法全都被一一印证。我找到了凶手的所在地，同时也发现了一个奇怪的东西，正是它引发了一连串的问题。胆小的我选择了落荒而逃，而你对此一无所知。"

"才不是呢，我也了解到一些情况。比如景泰蓝花瓶。虽然我还不清楚这意味着什么，但我知道是诸户道雄买走了它。"

"是诸户买走的？这还真是奇怪。"

虽然嘴上这样说，但深山木仍旧显得兴趣缺乏。

"景泰蓝花瓶究竟有什么含义啊？"

"我还没有完全证实，但如果我的想象没错，这一切实在太可怕了，可以说是前所未有的犯罪。可怕的不仅仅是花瓶，还有更令人惊讶的事实。这一切犹如恶魔的诅咒，简直邪恶得超乎想象。"

"难道你已经查出是谁杀害了初代?"

"至少我已经找到了他们的老巢。我还需要多一点时间。只不过或许我马上就要被他们给干掉了。"

深山木变得非常有气无力,仿佛真的中了所谓的恶魔诅咒。

"你也太奇怪了,如果你真的这么担心,直接去报警不就好了?就算你一个人应付不来,不是可以去寻求警方的帮助吗?"

"如果报警,只会放跑这些坏人。而且虽说我已经掌握了凶手的身份,却没有足够的证据去检举他。如果警方在此时介入,恐怕只会给我找麻烦。"

"你知道这封信上提到的'那样东西'是什么吗?究竟是什么东西啊?"

"我知道,所以我才如此害怕。"

"那你不打算按照信上的要求,把东西寄回吗?"

"我没有按照要求把东西寄给敌人,而是……"深山木环视了一圈,压低声音道,"而是用挂号邮件寄给了你。你今天回家后,会收到一件奇怪的东西。切记要妥善保管,绝对不要损毁、弄坏。那东西放在我这里实在太危险了,还是放在你身边安全些。总之,那东西非常重要,一定要万分小心,而且绝不能让其他人意识到那是个重要的东西。"

深山木神神秘秘、吞吞吐吐的态度让我非常不舒服,仿佛受到了嘲讽一样。

"你就不能把你知道的全都告诉我吗?这毕竟是我委托你帮忙查办的案件,我难道不算是当事人吗?"

"我所查到的情况已经不仅仅涉及这起案件。不过,我会告诉你的,我并没有打算对你有所保留。今晚我们一边吃晚饭,一边好好聊聊吧。"

说着,深山木心不在焉地看了一眼手表。"现在是十一点了。要不要去海边走走?我不能再这么消沉下去了。还是去享受下久违的海水吧。"

说着,深山木站起身,快步走了出去。无奈之下,我只得拖着沉重的步伐,与他一起来到附近的海边。只见各种五彩斑斓的泳装看得人眼花缭乱。

深山木跑到沙滩上,一股脑儿脱得只剩下一条平角内裤,随后便一边大声叫喊着让人听不懂的话语,一边跳入了海中。我则选了个小小的沙丘坐下,心情复杂地注视着强打起精神的深山木。

纵使心中有千般不愿,我仍旧无法阻止自己低头看表。那封恐吓信上所写的"正午取你性命"的可怕字样萦绕在我的心头,消磨着我的理智。时间一分一秒地过去,十一点半、十一点四十……随着正午的不断临近,我心中的不安越发强烈起来。就在此时,另一件激发起我强烈不安的事情发生了。或许我早已猜到会出现这样的事。远处海岸边的游客里,他——诸户道雄的身影一晃而过。他在这一时间出现在这片海岸,真的仅仅只是巧合吗?

另一边,喜欢小孩子的深山木不知什么时候被身穿泳装的孩子们围了起来,他们一边奔跑一边嬉笑,仿佛是在玩捉迷藏。

天空是一望无际的湛蓝晴空，眼下是风平浪静的粼粼碧波。在欢声笑语中，一个个优美的身形划着弧线从跳台投身大海。在初夏灿烂的阳光照射下，无论陆地还是海中，都有数不清的游客伴随着星星点点的沙滩一同绽放出靓丽又华美的光芒。幸福祥和的景象充斥四周，宛若莺吟燕舞、人鱼嬉戏、小狗玩耍。除此之外再无其他。实在难以想象在这开阔的乐园之中，竟潜藏着黑暗世界里的罪恶，更别说潜藏在此的是一个嗜血的杀人凶手。

　　然而各位读者可曾知晓，恶魔绝不会违背自己的诺言。这恶魔不仅能在封闭的家中取人性命，更能在开阔的海岸当着上百名游客的面兑现承诺，同时不留下丝毫线索，更没被任何人看到。或许正是这恶魔的身份，才给予了他如此玄妙的手法吧。

理外之理

　　过去看小说时，每每看到主人公因为耳根子软而接连搞砸事情，我就会焦躁地幻想如果自己是主人公，绝不会搞出这样的问题。相信本书的读者在看到我糊里糊涂地说要做侦探，却没有做出半点相应的举动，反而被喜欢卖关子的深山木幸吉牵着鼻子走，肯定也会觉得非常着急吧。其实我也不愿如实写下当时的情况，因为这完全就是在宣示自己有多么愚钝。然而当时的我毕竟还只是个不谙世事的毛头小子，这也是无可奈何之事。只能烦请各位读者多多包涵令人焦躁的部分，毕竟事实确实如此。

好了,继续上一章节的内容吧。接下来要讲述的是深山木幸吉那不幸的离奇死亡经过。

当时,穿着一条平角内裤的深山木在沙滩上,与身穿泳装的孩子们嘻嘻哈哈地你追我赶。前文也曾提到,深山木常以孩子王自居,他喜欢小孩子,更喜欢带着孩子们一起单纯地玩闹。不过此时的他之所以玩得这么投入,不仅仅是因为他喜欢小孩子,还有更深一层的原因。那就是他的内心其实非常害怕。他害怕那封字迹歪歪扭扭的恐吓信上所提到的"正午取你性命"。年过四旬、聪明绝顶的他竟会如此严肃地对待那样一封恐吓信,看起来着实有些滑稽。这其中肯定存在某种理由,足以让他被这种看似骗小孩的把戏吓到。

对于这个案件,他几乎没有吐露半句调查到的情况。我也无法想象案件背后究竟隐藏着多么可怕的事实,才会把向来光明磊落的深山木吓成这样。不过看到他担惊受怕的模样,我也开始无法抑制心中不断放大的恐惧,纵使我们身处热闹的海水浴场,纵使身边环绕着上百名游客。此时此刻,我突然想起有人曾说真正聪明的凶手不会把犯案地点选在冷清的地方,而是会选择热闹的人群之中。

想到这里,我匆忙跳下沙丘,带着一定要保护好深山木的想法,走向了他和孩子们嬉闹的地方。此时的他们已经玩腻了捉迷藏,改为在海边挖了一个沙坑,三四个十岁左右、天真无邪的孩子将深山木埋进沙坑,忙不迭地把沙子撒在他身上。

"来来,再多撒点沙子,把手和脚全都埋起来吧。喂喂,不要往我的脸上撒啊,脸还是要露出来才行嘛。"

深山木俨然成了一位慈眉善目的叔叔,只见他半开玩笑地向孩子们抱怨着。

"叔叔,你这样乱动,让我们怎么埋嘛。我们要继续撒沙子了哦。"

说着,孩子们用双手捧起细沙,撒在深山木的身上,却迟迟未能掩盖他庞大的身躯。

大约两米开外的地方,两位身穿和服、太太打扮的女性正撑着太阳伞,坐在铺开的垫子上休息。她们一边注视着下海游玩的孩子,一边时不时地望向深山木和孩子们,并发出阵阵笑声。这两位太太是距离深山木所在沙坑最近的人。另一边的不远处,一个身穿华丽泳装的美丽姑娘正盘腿坐在沙滩上,与躺在她身边的青年男女有说有笑。除此之外,再没有其他人一直停留在附近。

虽说不断有人从深山木身边走过,但最多只是停下笑笑,便立刻离开了。没有人借机靠近。我再一次对凶手会在这种地方下手的概率产生怀疑,并暗暗嘲笑起了心惊胆战的深山木。

"蓑浦,现在几点了?"见我靠近,依旧忧心忡忡的深山木开口问道。

"十一点五十二分,还有八分钟。哈哈哈……"

"留在这里就能保证安全了。毕竟有你和周围这么多双眼睛盯着,身边还有四个少年护卫军,身上更是堆满了沙子。再厉害的恶魔都没办法近身啦,哈哈哈。"

深山木总算精神了一些。

而我心中仍旧惦念着刚刚瞥见的诸户,我一边在附近走来走去,一边四处张望着广阔的沙滩,却再没有瞧见诸户的身影,不知他究竟跑去了哪里。走了一会儿,我停留在距离深山木五六米的地方,呆呆地盯着跳台上青年男女们精巧绝伦的跳水动作看了一阵子,随后又扭头看向深山木。此时的他已经被孩子们用沙子埋了个结结实实,只剩下一颗头露在外面。他那瞪大眼睛望向天空的样子,不禁让我想起了故事里印度的苦行僧。

"叔叔,你可以起身啦。沙子是不是很重呀?"

"叔叔,你的表情好好笑啊,是不是起不来了?需要我们帮帮你吗?"

孩子们你一言我一语地打趣道。然而不管他们怎么呼唤"叔叔",深山木仍旧一声不吭地望向天空,没有做出丝毫反应。我不经意地看了一眼手表,此时已是十二点二分了。

"深山木,时间已经过了十二点,看来恶魔并没有现身呢。深山木,深山……"

定睛看去,我这才意识到深山木的情况不对劲。他的脸色越发惨白,大大睁开的双眼已经有好一阵子没有眨动。不仅如此,他胸口附近的沙子上还浮现出一道黑色的斑纹,不断向周围扩散。察觉有异的孩子们不再作声,而且流露出诧异的神情。

我一个箭步冲到深山木身边,双手用力摇晃着他的头。然而他的头只是随着我的动作无力地晃动了几下,宛如一个牵线木偶。我赶忙挖开他胸前出现黑色斑纹的沙子,一把小刀的白色刀柄赫然出现在厚重的沙子下面。继续挖开四周早已被血浆浸得黏稠不堪的沙子，我才看到这把小刀不偏不倚地刺中了深山木的心脏，而且刀身整个刺了进去。

自不必说，接下来整个海水浴场都炸开了锅。具体情况我就不作赘述了。毕竟案件发生在星期天的海水浴场，深山木的异常死亡自然震惊了所有人。而我则要站在深山木被草席掩盖的遗体旁边，顶着几百个青年男女好奇的目光接受警方问询。等检察官一行人勘察完现场后，我还要陪着他们一起将深山木的遗体送回家。整个过程可谓丢脸至极。尽管现场一片混乱，面色铁青的诸户道雄在无数陌生面庞中一闪而过的身影，依旧给我留下了深刻印象。当时的他就站在将现场重重围住的围观群众后面，目不转睛地注视着深山木的遗体。搬运遗体时，身后也始终传来他那诡谲的目光。凶案发生时，诸户并没有出现在现场附近，我也没有丝毫理由对他产生怀疑。然而他这一连串异常的行为，究竟是何用意？

除此之外，还有一件事不得不提，虽说这件事并没有让我感到意外。那就是在将深山木的遗体送回家中时，他那本不算整洁的起居室被翻得乱七八糟，宛如龙卷风过境一般。显然是有人为了寻找"那样东西"，趁他不在家的时候溜了进来。

在接受检察官的问询时，我几乎事无巨细地说出了自己所知道的一切。或许是某种预感作祟吧（很快各位读者就能理解其中的含义），我并没有说出深山木将恐吓信上提到的"那样东西"寄给了我。被问到关于"那样东西"的情况时，我全都推说不知。

问询结束后，我在周围邻居的帮助下通知了死者的亲朋好友，并准备了葬礼。忙了好一阵子后，我将剩下的事宜嘱托给邻居太太，自己则坐上了回程的火车。此时已是晚上八点了。忙了一整天的我根本不知道诸户是何时离开的，也不知道他又在这段时间做了什么。

警方完全没有查出可疑人物的身份。与死者一同游玩的几个孩子（其中三人是住在海边的中产家庭的子女，另外一人是当天被姐姐带来洗海水浴的东京孩子）明确表示，没有任何人靠近被埋在沙坑中的深山木。虽说他们的年龄只有十岁左右，但应该不会忽视一个人被杀死在自己的眼皮子底下。距离深山木约两米开外的两位太太也表示，没有看到任何可疑人物。毕竟从她们的位置来看，任何一个靠近深山木的人都别想逃过她们的眼睛。除此之外，附近也没有找到任何疑似凶手的人。

我也没有看到任何可疑人物。虽说我站在距离深山木五六米远的地方，盯着看了一会儿跳水的年轻人，但如果真有人走近深山木并刺伤了他，我肯定能用余光捕捉到。不得不说，这起不可思议的杀人案件简直就像一场白日梦。被害人的四周众目睽睽，但是谁也没有看到凶手的踪影。难道真的是人类无法看到的妖邪将那把短刀深深刺入了深山木的胸膛？我曾设想会不会有人从远处投掷短刀，但现场的种种迹象都表明这种假设并不成立。

值得注意的是，调查表明深山木胸口的刀痕与初代胸口的刀痕非常相似，而且被用作凶器的两把白柄短刀属于同一款便宜货。也就是说，深山木与初代之死很有可能是同一人所为。

话说回来，这名凶手究竟施展了怎样的魔法？他不仅能像风一样在没有出入口的密闭屋中来去自如，更能在众目睽睽的热闹地方躲过上百人的视线，杀人后迅速逃离。纵然我再怎么厌恶鬼神之说，在亲眼见证这两场超乎寻常的案件后，也不由得产生了一丝凉意。

没鼻子的乃木大将

此刻，我的复仇大计和侦探工作全都失去了重要的指导者。遗憾的是，深山木未能向我透露分毫他生前查到的事实，以及推理出的结论。因此，他的死有如当头棒喝，打得我不知所措。虽说他多次出言暗示，但愚钝如我，并没有理解他话语背后的含义。

与此同时，我的复仇大计又多了一层含义。现在我不仅要为女友复仇，更要为亦师亦友的深山木报仇雪恨。虽说深山木死于那个无人得见的神秘杀手，但无疑是我将他引入了危险的境地。如果我没有委托他帮忙调查案件，他就不会被杀。出于对深山木的愧疚之情，我无论如何都要找出凶手。

深山木被害前，曾提到他通过挂号邮件的形式，将恐吓信上提到的、最终导致他死亡的"东西"寄给了我。当天回家后，果真送来了一个挂号邮件。出乎我意料的是，这个封得严严实实的包裹里竟然装着一尊石膏像。

这是一尊任何一家雕像店都可以买到的乃木大将半身像，外侧涂抹了青铜质感的颜料。雕像本身似乎年头已久，不少地方的颜料已经脱落，露出了白色的石膏。鼻子更是直接断掉了，看上去十分滑稽，有些愧对这位军神的形象。这是一尊没鼻子的乃木大将。我想起罗丹曾有一个名称相似的作品，心中顿时产生了一丝异样。

当然了，我既不清楚这样"东西"究竟是何意义，也想象不出它为什么会导致一场血案。不过深山木曾说，让我妥善保管，不要弄坏，还说绝不能让其他人意识到这是个重要的东西。我琢磨了很久，也无法参悟这尊半身像的含义，只得按照死者的指示，将其小心翼翼地放进堆满杂物的储物箱中，以免被其他人发现。既然警方也不知道这样东西，那我就不必急着将它送出去。

在接下来的一个星期里，除了为参加深山木的葬礼而忙碌一整天，我一直按捺着性子继续在公司上班。下班后，每天我都会前往初代的墓地祭拜。我在墓前向已逝的女友讲述了这一连串的离奇凶案。祭拜结束后，我会在街上漫无目标地游荡。反正就算早早回家，我也睡不着觉。

这段时间并没有什么异常情况发生，不过有两件小事还是要向各位读者报备一声。第一件事是接连两次有人趁我不在家的时候进入我的房间，在书桌抽屉和书柜上的物品上留下了翻动的痕迹。我做事并没有那么细致，所以无法明确说出被翻动的部位，只是隐约觉得房间里东西的位置——例如书柜里书本的摆放方式等——与我离开时发生了变化。询问其他家人后，大家纷纷表示没人动过我的东西。我的房间位于二楼，窗外就是邻居家的屋顶，顺着屋顶进入房间并非不可能的事情。我也曾自我安慰是自己过于敏感，但还是难掩内心的不安。不过每次打开储物箱查看，都能看到没鼻子的乃木将军安然无恙地躺在里面。

另一件事是一天我在结束了对初代的祭拜后，像往常一样走在乡间小路上。走到靠近省线莺谷段后，我看到了空地上支起的马戏团帐篷。我很喜欢这里古色古香的音乐和有些猎奇的宣传板，也曾进去观看过表演。不过这天傍晚，当我不经意间走过马戏团帐篷时，我竟发现诸户道雄从木门里快步走了出来。虽说他没有注意到我，但那西装笔挺的背影，无疑是我那与众不同的朋友——诸户道雄。

虽说没有任何证据，但这一幕再次加剧了我对诸户的怀疑。为什么他会在初代死后，频频前往木崎家？他为什么要购买那个有问题的景泰蓝花瓶？他为什么碰巧出现在深山木被杀的现场？这是否过于巧合？那时他又为何行踪成谜？而且不知道是否是我多心，我总觉得他跑到与自家方位截然相反的莺谷来看马戏表演，似乎有些不对劲。

除去这些外在原因，仍有充分的内在原因足以让我对诸户产生怀疑。这事说来羞于启齿，诸户对我一直有着常人难以想象的执着与爱慕，他完全有可能因为这个理由而对木崎初代展开虚情假意的求婚。求婚失败后，初代就彻底沦为他的情敌，因此有理由推测恼羞成怒的他暗地里杀害了初代。如果他真是杀害初代的凶手，那么对他而言，以出其不意的速度看穿了凶手身份的侦探深山木幸吉就成了必须要尽早铲除的祸患。可以想见诸户是为了掩盖第一起血案的真相,才犯下了第二起血案。

失去了深山木后,除了像这样怀疑诸户,我可以说是毫无头绪。一番深思熟虑后,我决定进一步接近诸户,以证实自己的怀疑。就在深山木离奇死亡一周后,我决定在下班后前往池袋拜访诸户。

二遇诡异老人

我连续两晚来到诸户家门前。第一晚诸户不在家,我只得无奈地转身离去;第二晚,倒是让我获得了意外的收获。

此刻正值七月中旬,夜晚的气温又闷又热。那时的池袋不似现在这般热闹。师范学校的后面几乎没有多少人家,四周更是伸手不见五指,简直就像是狭长的乡间小路,让人难以迈开步子。道路一边是高高的树篱,一边是荒芜的空地。我只得努力睁大双眼,借助着远处昏黄的灯光,忐忑不安地向前走去。虽然才刚到黄昏时分,但这条路上几乎没有行人。偶尔遇到一两个擦肩而过的人,反而让我觉得像撞见鬼一样害怕。

前面曾经提到,诸户家住得比较远,距离车站约有四公里。路程过半时,我突然发现前方有个外形奇特的"物体"在移动着。他的高度只有常人的一半,宽度却远超常人。只见他颤颤巍巍、忽左忽右地向前走着,每走一步,他那异常低矮的头就像摇头晃脑的老虎玩具一样，不住地晃动着。说到这里，可能不少读者会想起身材矮小的一寸法师。然而面前的人并非一寸法师，而是腰部几乎弯成了四十五度角，以至于从身后看去就像是个小矮人。换言之，这是位严重驼背的老人。

面前这位异样的老人让我瞬间回想起初代曾经见到的诡异老者。而且他在这个时间出现在我所怀疑的诸户家附近，更令我心头一惊。

我小心翼翼地尾随老人走了一会儿，发现他果真走向了诸户家所在方位。拐进一条小路后，道路越发狭窄了。这条小路的尽头就是诸户家，看来已经无须怀疑了。前方隐约可以看到诸户家的洋楼，不知为何，今晚每个窗户都亮着灯。

老人在大铁门前停留了片刻，似乎是在思索着什么，不过最终还是推门走了进去。我也匆忙跟了进去，然而老人却不见了踪影。玄关与大门之间有一片茂密的灌木丛，不知他是否躲了进去。我等了一会儿，老人还是没有出现。我不清楚他究竟是趁我穿过大门时走进了玄关，还是仍旧在灌木丛附近徘徊。

我在宽敞的前院蹑手蹑脚地找了一会儿，依旧没有找到老人的身影，他就像是凭空消失了一样。难道他已经进入了屋内？想到这里，我鼓足勇气，按下了玄关的门铃。这一次我要面对面地从诸户口中问出事实真相。

门很快就打开了，熟悉的年轻学徒工探出头来。听我表示要见诸户后，他跑回去通报了一声，随后将我带到了玄关旁边的客厅。屋内的壁纸与摆设相映成趣，足以体现屋主的典雅品味。我坐在柔软的大椅子上等了一会儿，诸户就像喝醉了酒一样，满脸通红地跑了进来。

"哎呀，你来了啊。上次在巢鸭真是不好意思啊。那时我正好有事要忙……"诸户那悦耳的男中音听起来很是轻快。

"之后我们又见过一次吧，就在镰仓的海岸边。"我也没想到鼓足勇气后，自己竟能如此直入主题。

"咦，镰仓？啊，其实当时我也看到你了，只是现场那么混乱，我实在不便上前打招呼。被杀害的是深山木先生吧？你与他很要好吗？"

"是的，是我请他帮忙调查木崎初代被杀一事。他是位非常优秀的业余侦探，就像福尔摩斯一样。然而就在他即将查清凶手身份的时候，却发生了那样的惨案。我真的太失望了。"

"你们的关系我已经大致猜到，失去这样一位人才着实可惜。对了，你吃过饭了吗？今天来了位贵客，餐厅正巧在开席，不如我们一起用餐吧？"

诸户似乎在刻意回避着什么。

"不必了，我已经吃过了。你先去用餐吧，我可以在这里等你。对了，你所说的贵客是不是一位严重驼背的老先生？"

"咦，什么老先生？不是的，是一个小孩子。你不必客气，我们一起去餐厅吧。"

"这样啊，可是我来的时候，正巧看到一位老先生走进大门。"

"哎呀，那可真是奇怪。我并不认识什么驼背的老先生啊。

你真的确定他进了我家?"

不知道为什么,诸户似乎有些紧张。随后他再次邀请我一同前往餐厅,见我仍旧表示拒绝,便叫来那位学徒工命令道:

"你和婆婆一起看好了餐厅的那位客人,让他慢慢用餐,不要怠慢人家。他要是吵着回去就麻烦了,这里有没有什么玩具呢……啊,还有,为这位客人倒一杯茶来。"

学徒工离开后,他面向我强挤出一丝笑容。与此同时,我发现了那个景泰蓝花瓶就摆放在房间一角。没想到他竟毫不避讳地将花瓶摆出来,真令我惊讶不已。

"这花瓶还挺精致的嘛。咦,我似乎在什么地方见过它。"

说着,我小心翼翼地观察着诸户的神情。

"啊,你说这个呀。你或许曾经见到过。我是在初代家隔壁的商店买来的。"

诸户镇定的态度令我非常惊讶。意识到自己或许无法应付这个棘手的对象后,我不禁心生怯意。

出其不意的业余侦探

"我很想念你呢,好久没有和你促膝长谈了。"借着醉意,诸户的语气中掺杂了几分柔情。他那红润的面色看上去熠熠生辉,长长的睫毛下,清澈的眼睛宛如两潭秋水。"上次在巢鸭,我没好意思开口,但这一次我必须要向你道歉。我做了非常对不起你的事，甚至没有脸面奢求你的原谅。但这一切都是源于我对你的情感，我不希望你被别人抢走。不对，我说得这么自私，你肯定又会像往常一样生气，但你应该知道我对你是认真的。我不得不这样做……你肯定很生气吧？是不是？"

"你是指初代？"我冷冰冰地反问道。

"是的。你与她的感情令我妒火中烧。过去就算你无法真正理解我的心意，至少你的心也不属于他人。但自从初代小姐出现在你面前，你的态度就彻底转变了。你还记得吗？就在上上个月，我们不是一起去帝剧看戏了吗？那时你如痴如醉的眼神令我无法直视。而且更加残酷的是，你还若无其事地开心道出了你与初代小姐之间的过往。你知不知道当时我是怎样一种心情？真是太惭愧了。我总说自己没有权利，也没有理由因为这些事去指责你。但在见到你当时的样子后，我仿佛坠入了绝望的深渊。我真的太难过了。我怨你的这段恋情，更怨自己这异于常人的情感。自那以后，我曾多次写信给你，但你一封信也没有回过。过去无论是多么冷淡的话语，至少你都会回信给我。"

酒醉后的诸户一改往常的寡言少语，变得滔滔不绝起来。要是我再不作声，真不知他那怨妇般的种种抱怨要说到什么时候。

"所以你才虚情假意地向初代求婚？"

我毫不客气地打断了诸户没完没了的牢骚。

"我就知道你生气了。这也难怪。我会竭尽全力补偿你的。你可以直接践踏我的脸泄愤，甚至做出更过分的事情。毕竟这一切都是我的错。"

诸户难过地说道，但他的三言两语并不足以打消我的愤怒。

"你说的都是自己的感受，实在是太自私了。初代是我这一生唯一一个想珍爱的女性，她根本无可替代。但你、你……"

说着说着，我不禁悲从中来，哽咽不止，停顿了好一会儿。诸户盯着我泪流不止的眼睛看了看，突然抓住我的双手不断叫道："请原谅我，请原谅我。"

"这让我怎么原谅你！"我一把甩开他炙热的手，"初代已经死了，一切都无法挽回了。我已经坠入了绝望的深渊！"

"我非常理解你的心情。但是与我相比，你已经幸福多了。毕竟不管我再怎么热情求婚，不管她的养母再怎么好言相劝，初代小姐的心意都没有丝毫动摇。她完全没有理会这些障碍，一门心思都扑在了你身上，足以回报你的恋情了。"

"你怎么可以这么说！"我带着哭腔怒吼道，"正是因为初代一心只想着我，我才会因为失去她而痛苦不已。你怎么可以这么说。你不满足于求婚失败，竟对她、对她……"

说到这里，我还是犹豫了起来。

"咦，什么？啊，我就知道，你肯定是在怀疑我，没错吧？你怀疑我做出了可怕的事。"

我突然泪如雨下，哽咽地吼道："我真想杀了你！想杀了你、杀了你！快告诉我真相！快告诉我真相！"

"啊，我真是太对不起你了。"诸户再一次拉过我的手，静静地抚摸着，说，"我真没想到失去恋人的悲伤竟会如此强烈。蓑浦，我并没有骗你。你真的误会我了。无论如何，我都不可能去杀人啊。"

"那为何那位诡异的老先生会走进你家？初代曾经见过他。他出现没多久，初代就惨遭毒手。而且为什么你会恰好在深山木被杀当天出现在现场，还表现得那么令人生疑？为什么你会出入莺谷的马戏团？我可从没听说你喜欢看马戏表演。为什么你会购买那个景泰蓝花瓶？我知道那个花瓶与初代被杀一案有关！还有、还有……"

我一一道出诸户的"罪证"，就像疯了一样。说完后，在激烈的情绪作祟下，我变得脸色铁青，如同疟疾发作般不住颤抖起来。

诸户赶忙来到我身边，就像要与我同坐一把椅子似的紧紧环抱住我的肩膀，嘴巴凑近我耳边温柔地低语道：

"确实有太多事情撞在一起，也难怪你会对我产生怀疑。但这些奇妙的巧合都是有原因的。啊，我真该早一点对你吐露实情，并助你一臂之力。蓑浦，我与你和深山木先生一样，正在自行追查这起案件。之所以我会这样做……都是出于对你的愧疚之情。这起凶案与我没有丝毫关系，但我向初代小姐求婚确实伤害了你。不仅如此，初代小姐的不幸去世让我对你产生了万般同情。所以我希望能查出真凶，好慰藉你。除此之外，初代小姐的母亲因为莫须有的嫌疑一度被检察院带走。因为结婚问题与女儿发生争论是她受到怀疑的理由之一。也就是说，我间接导致她的母亲成了嫌犯。所以从这一点来说，我有责任找出凶手，为她洗清嫌疑。不过现在已经没有必要了。你应该已经接到消息，初代小姐的母亲因为证据不足，已经平安回到家中。昨天她还来我家聊了一会儿。"

疑心病重的我并没有轻易相信诸户这番诚恳又温和的辩解。我就像是个不懂事的孩子，在诸户的怀抱中发着脾气，现在想来真是万般羞愧。事后想想，当时的我会如此蛮不讲理，一方面是为了掩饰自己在人前号啕大哭的羞涩之情，另一方面是对如此深爱着我的诸户产生了一丝依恋之情，只是自己没有意识到罢了。

"我才不信呢，你居然还学着人家当上侦探了？"

"这话可就不对了，难道你认为我做不成侦探吗？"见我逐渐回归冷静，诸户似乎松了口气，继续说道，"说不定我还是个名侦探呢，毕竟我还学过法医学的知识。啊，对了，我一说这个，你应该就能相信了。你刚刚不是说花瓶与凶案有关吗？你说得没错。就是不知道究竟是你发现的，还是深山木先生告诉你的。你似乎还不清楚这两者之间有着怎样的关系。真正有问题的并非这个花瓶，而是与它互成一对的另一个花瓶。就是初代小姐出事当天，被人从二手商店买走的那个。你现在明白了吗？我买走这个花瓶，足以证明我正在调查取证，而非因为我是凶手。我会将它买回来，就是为了查清这个花瓶的玄机。"

听到这里，我开始逐渐相信诸户的理论。他的一字一句非常诚恳，听不出半点虚假。

"若真是如此，我愿意向你道歉。"我吞吞吐吐地说道，"如果你真的像侦探一样去调查取证了，那你有没有查到什么？"

"嗯，当然有了。"诸户得意扬扬地说道，"如果没有猜错,我已经知道真凶是谁,随时可以将他交给警方。然而遗憾的是,我完全不知道他为什么要犯下这两起凶案。"

"什么,两起凶案!"我惊讶地反问道,甚至忘记了刚刚的尴尬,"难道深山木也是被同一个人杀死的!"

"应该是的。如果我没有猜错,这真是前所未有的奇案。简直让人难以相信世上竟有这样的案件发生。"

"那就请你告诉我,这个凶手究竟是如何潜入没有出入口的密闭房间,又如何在众目睽睽之下杀人灭口,且没有留下任何目击证人?"

"好的,这件事真的太可怕了。其中最可怕的就是凶手轻松完成了常人眼中不可能做到的事情。他究竟是如何化不可能为可能的?这是研究这起案件的人首先应该关注的问题,也是调查的起点。"

诸户的话音未落,我就迫不及待地发问道:"凶手究竟是谁?是我们认识的人吗?"

"我想你应该认识。但是完全没有想到他会是凶手。"

啊,诸户道雄究竟要说什么?我似乎隐约猜到凶手的真实身份了。不过那位诡异老人究竟为何要来到诸户的家?他现在藏身何处?诸户又为何会出现在马戏团的门口?景泰蓝花瓶究竟有什么意义,又与这起案件有着怎样的关系?诸户在我心中已经彻底洗清了嫌疑,但越是信任他,一连串的问题就越像迷雾般笼罩着我的大脑。

盲点的作用

当前的局势发生了一百八十度大转弯。

出于前面提到的各种理由,我一直坚信诸户道雄与这起案件有着洗不清的干系。然而一番盘问与交流过后,我竟发现诸户不仅不是凶手,反而与已故的深山木幸吉一样,是一名业余侦探。

不仅如此,诸户还表示自己已经知道了凶手的身份,并准备告知于我。深山木生前那敏锐的侦查能力足以令我震撼,而面前这位不亚于深山木的名侦探更令我惊讶万分。通过这么长时间的交往,我已经知道诸户是个难以捉摸的人,他既拥有性欲倒错障碍,又是怪异的解剖学家。然而我万万没有想到,他竟然还具备优秀的侦探能力。峰回路转的局势变化令我措手不及。

在此之前,诸户道雄对我来说就是个谜一样的人物,想必对各位读者而言也是一样。他总有一些异于常人的地方。或许是他所从事的异常研究(详见后述)和性欲倒错障碍等情况令他看上去很是神秘,又或许不尽如此。他表面上性格良善,骨子里却隐藏着难以言说的邪气,总有一团迷雾般的诡谲气息环绕在他的周身。而且,以业余侦探的身份出现在我面前的他实在太过突然,我不得不对他的话语抱有一丝怀疑。

即便如此,下文的叙述足以证明他的推理能力极其优秀,再加上他的表情与话语全都透露着其真挚善良的一面,纵使我的内心深处仍抱有一丝疑虑,仍会不由自主地信任他,并遵循他的意见。

"真奇怪,你竟然说我也认识这个人。我怎么一点也想不出来。你就快些告诉我吧。"我再一次开口问道。

"我要是直接说了,你恐怕一时间无法理解。我们还是绕个弯子,让我将自己的分析过程对你一一道来吧。这样你就能知道我的侦探历程是多么艰辛。但其实也没有那么夸张,不过是四处走访、搜集消息罢了。"诸户已经彻底放松下来。

"好的,你说吧。"

"这两起凶案全都是乍看之下不可能实现的。一起发生在凶手不可能进出的密闭屋内,一起发生在光天化日、大庭广众之下,而且没有一个人看到凶手,这几乎不可能做到。然而,不可能的事情是不会发生的,这两起案件最重要的就是探寻究竟哪里'不可能'。只要看到不可能的内在,就能发现这个平平无奇的魔术玄机潜藏其中。"

诸户也提到了"魔术"一词。我回忆起深山木也曾使用过同样的比喻,不由得对诸户又多了几分信任。

"这事说来荒谬(深山木也曾说过同样的话)。正是因为这样的推断着实荒谬,才让我难以相信。如果这样的事只发生一次,我也许会相信。然而深山木先生遇害让我意识到,自己的推断并没有错。之所以说它荒谬,是因为这种隐瞒手段就像是骗小孩子的把戏。这样的手法着实是出其不意、胆大妄为,但正因如此,反而保证了凶手的安全。怎么说呢,这起案件中隐藏着人世间难以想象的丑陋、残忍与兽性。乍看之下荒谬绝伦，如果没有超乎人类想象的恶魔般的头脑，根本设计不出来。"

诸户用略带激动的口吻愤恨地说道。随后他顿了顿，与我四目相视。此时此刻，他的眼中没有了往日的溺爱与怜惜，只剩下强烈的畏惧。在他的影响下，我肯定也流露出了同样的神色。

"我是这样想的。正如大家所相信的那样，初代小姐的死亡现场是个完全无法进出的密室，每扇门窗都从内侧上了锁。那么余下的可能就是凶手仍旧留在屋内，或是家中存在帮凶。这就是为何当时初代小姐的母亲会被列为嫌犯。不过据我接到的消息，她妈妈既不是凶手，也不是帮凶。无论如何，没有哪位父母会亲手杀死独生女。因此我判断这件乍看之下'不可能实现'的事情背后，一定隐藏着常人难以察觉的玄机。"

听着诸户兴奋地描述，我的心中突然察觉到了一丝异样。最初，我只是觉得有些疑惑。为什么诸户道雄会如此用心追查初代的案件呢？难道是对失去恋人的我心生同情，抑或是他向来热衷于侦探活动？但这两点都有些说不通。仅凭这样的理由，真的能让他如此投入吗？其中会不会隐藏着什么别的理由？一种难以言说的疑惑之情不断在心头徘徊，直到后来我才隐约猜到他这样做的原因。

"比如在解代数问题的时候，有时会碰到一道怎么也解不开的题，哪怕花一晚上的时间写满草稿纸，也是徒然无功。这时肯定会觉得这道问题无解。然而如果在不经意间换个角度思考这道问题，或许就能不费吹灰之力解开。'无解'这两个字就像咒语一样限制了我们的大脑,这种思考方面的盲点会让我们失去判断力。初代小姐的案件就需要换个角度看问题。当时所谓的没有出入口,指的是没有出入口通向屋外。门窗全都锁好,院子里和阁楼上也没有脚印,地板下面还拉了防止入侵的网。也就是说,根本无法从外面进入房间。这种'从外面进入'的想法成了枷锁。我们不该先入为主地认为凶手是从外面进入,随后又逃出去。"

身为学者的诸户句句咬文嚼字,吊足了我的胃口。我听得云里雾里、似懂非懂,但在惊讶之余,仍旧被他的话语深深吸引了。

"那么既然不是来自外面,凶手又是从哪里进入的呢?屋内只有被害人和她的母亲。你肯定想问,既然凶手不是从外面进来的,不就意味着凶手就是被害人的母亲吗?但这个问题会让你再次陷入盲点。其实答案非常简单。这是个日式建筑结构上的问题。你还记得吗?初代小姐家与邻居家紧密相连,互为一个整体,只有这两间房子是平房。这样说你应该明白了吧……"

诸户看着我,脸上浮现出了诡异的笑容。

"你是说,凶手是从邻居家入侵,随后又从邻居家逃了出去?"我惊讶地问道。

"这只是可能性之一。既然是一个整体,那么作为日式建筑,一般来说阁楼和地板下面都是相通的。我一直认为,这样的长屋结构再怎么注重上锁,也是于事无补。说来真是好笑。日本人只注重内外上锁,却全然不顾阁楼和地板下面的暗道,真是太大意了。"

"可是……"再也压不住心中疑惑的我开口问道,"她家隔壁是一对善良的老夫妻开设的二手商店。而且你应该也听说了,案发当天早上,邻居们是在发现了初代的遗体后,才叫醒了这对老夫妻。在此之前,他们家也是门窗紧闭。老人把门打开后,周围已经聚集了大量围观群众,那家二手商店更是变成了人们的休息所,凶手根本没有机会逃出来。我实在难以想象那对老夫妻是藏匿凶手的帮凶。"

"你说得对,我也是这样想的。"

"还有更加明确的一点,如果凶手真的在阁楼穿行,肯定会在灰尘中留下足迹之类的,然而警方却什么也没发现。地板下面也拉了铁丝网,根本无法通行。凶手总不可能打破地板,掀开榻榻米进入室内吧?"

"没错。但其实还有更加方便的通道。那通道平平无奇、门户大开,反而不容易被人发现。"

"除了阁楼和地板下面?该不会是穿墙而入吧?"

"不,你不能这样想。不需要打破墙壁、地板等小伎俩,也不会留下任何痕迹,就能正大光明地进入室内。爱伦·坡有部小说叫《失窃的信》,不知道你有没有看过?一个聪明的男子需要藏匿一封信,他认为最好的隐藏方法就是不隐藏,便将信随手插进了墙上的信箱里,结果警察进入他家搜查都没能找到。换言之,在犯罪现场等重要情景下,无人不知的显眼部位反而最不起眼、最不易被察觉。在我看来,这就是一个盲点。在初代小姐遇害的案件中,之所以大家都没有发现这个简单的答案,就是被刚刚提到的凶手'来自外部'的观念限制了思维。一旦意识到凶手'来自内部',答案自然呼之欲出。"

"我还是想不明白。凶手究竟是从哪里进出的?"我觉得自己仿佛受到了戏弄,不由得有些生气。

"你看,每间长屋在厨房的地面上都有一块长、宽各一米左右的掀板,就是堆放木炭和柴火的地方。掀板下面一般都没有隔断,可以直接通向地板下面。谁也想不到贼人会从内部入侵,即使小心谨慎的家庭会在外侧拉上铁丝网,也不会为这块掀板上锁。"

"你是说,杀死初代的凶手就是从这块掀板进出的?"

"我去她家看了好几次。她家厨房确实存在掀板,掀板下面也没有隔断,整个地板下面畅通无阻。也就是说,凶手从隔壁二手商店的厨房掀板进入,穿过地板下面,从初代小姐家的掀板走出来,随后又以同样的方式逃走了。"

通过这个方法,确实可以轻松破解看似神秘的初代遇害谜团。诸户有理有据的推论令我佩服不已,但是仔细想想,整个案件还存在诸多问题,并非这条通道所能解决。为什么二手商店的老板没有发现凶手?凶手又是怎样当着大量围观群众的面逃走的?凶手究竟是什么人?诸户说我认识这个凶手。此人究竟是谁?诸户这些拐弯抹角的论调不由得让我烦躁起来。

魔法花瓶

"哎呀,你慢慢听我说嘛。我已经打算为初代小姐和深山木先生复仇,帮助你查找真凶了,你且听我将自己的思考一一道来,再来说你的意见吧。毕竟我的推断并不是不可撼动的结论嘛。"

诸户拦下了我接二连三的发问,如同在进行自身专业方面的学术演讲一般,有条不紊地说了下去。

"关于你所提出的质疑,我也通过事后走访周围邻居而有所耳闻。当时的情况确实很难想象凶手能够逃走,同时还不被二手商店的店主和围观群众发现。二手商店开门时,那一带早已挤满了周围的邻居。即使凶手能够穿过地板下方,并顺着二手商店厨房的掀板进入店内或后门,也完全不可能在不被店主夫妻和围观群众发现的情况下走出屋子。他究竟是如何解决这个难题的呢?身为业余侦探的我在这里遇到了瓶颈。其中肯定有什么玄机。这玄机与厨房的掀板类似,能够瞒过大众的眼睛。你应该已经知道了,我曾多次前往初代小姐家附近徘徊,并询问周边邻居。在此期间,我突然想到案发后,那家二手商店里有没有搬出过什么东西。毕竟这种商店的店面上摆放着各种各样的货品。我对其中有没有什么东西被带走产生了兴趣。一番调查过后,我发现案发当天的清早,就在警方忙于取证调查时,有人买走了店里与我家这个互为一对的花瓶。除此之外，没有其他大型商品售出。因此，我认为这个花瓶有可疑。"

"深山木也是这样说的。但我完全没有领悟他的意思。"我下意识地插嘴道。

"是啊，我也没想明白，只是觉得非常可疑。就在案发前一天，曾有一名顾客来店支付了费用，并用布包好花瓶，随后就离开了。第二天一早，顾客派人取走了花瓶。这个时间与案件发生的时间刚好一致，其中肯定隐藏着什么秘密。"

"你该不会是说凶手躲在花瓶里吧？"

"没错，你肯定没有想到吧，我有理由相信里面真的躲过人。"

"什么，真的躲过人？你开什么玩笑啊。这个花瓶高度不过九十厘米，宽度也只有四十厘米左右。而且你看看这个瓶口，就连我的头都塞不进去。这又不是童话故事里的魔法壶，怎么可能躲藏一个成年人呢？"

我走到摆放在房间一角的花瓶旁边，一边向诸户示意瓶口大小，一边嘲笑着他的无稽之谈。

"魔法壶……不错，或许这就是个魔法壶。包括我在内，任谁都没能想到竟有人钻进了这个花瓶。然而离奇的是，我确实有理由相信里面真的藏过人。为了破解这个谜团，我把剩下的花瓶买了回来，但怎么也想不明白。就在我一头雾水之际，第二起凶案发生了。深山木先生被害当天，我因为其他事情碰巧前往镰仓，却在中途看到了你的身影，就随着你一路来到海边，也因此意外目睹了第二起凶案发生。我对这起案件进行了各种研究。我知道深山木先生正在追查初代小姐被杀一案。然而他却遭人毒手,而且手法也像杀死初代小姐那样神秘莫测。因此我认为,这两起案件之间应该存在着某种关联。我于是做出了一个假设——仅仅只是假设,在找到真凭实据之前,你完全可以说这是我天马行空的猜测。然而通过这个假设推断出的唯一结论,恰巧可以与这一连串案件的任意一环完美拼凑在一起,所以我认为这个假设值得采信。"

诸户那因为酒醉和激动而充血的双瞳紧紧地注视着我,他舔了舔嘴唇,用越来越像是在演讲的语气继续兴奋地说道:

"为了便于理解,我们先把初代小姐的案件搁置一边,来聊聊第二起凶案吧。毕竟我就是按照这个顺序进行推断的。深山木先生在众目睽睽之下,以一种奇特的方式遭人杀害,没人知道他是什么时间死于何人之手。附近有几个人一直在观察着他,你也是其中之一。除此之外,还有上百名游客在海边徘徊。更何况还有四名儿童在深山木先生身旁嬉戏。这些人之中,没有一个人看到凶手,这可真是闻所未闻的奇事,实在让人难以想象,乍看之下根本不可能实现。然而,既然短刀真的刺入了被害人的胸腔,那就肯定有凶手存在。这名凶手究竟是怎样化不可能为可能的呢?我为此做出了各种推测。但无论我如何发挥自己的想象力,除去两种情况外,这个案件都不可能实现。第一种情况是深山木先生以不为人知的方法自杀了,而第二种情况说起来非常骇人,那就是在他身旁玩耍的其中一名孩子——那不到十岁的孩子趁着玩沙子的工夫，将深山木先生杀害了。当时一共有四个孩子，他们为了掩埋深山木先生，从不同的方向专心致志地收集着沙子。在此期间，其中一人完全有机会趁着其他几个孩子没有注意的时候，假借拨弄沙子的动作，将藏在手中的小刀刺入深山木先生的胸膛。深山木先生也没有想到孩子会用小刀攻击自己，全然没有防备，中刀后更是连叫喊的机会都没有。而这名痛下杀手的孩子只需要装作若无其事的样子，继续用沙子掩埋血迹和凶器就可以了。"

诸户这近乎癫狂的推测让我心头一惊，不由得瞪大了双眼。

"基于各种考量，这两种情况中，深山木先生自杀的推论完全不成立。那么剩下的推论就是凶手在四个孩子之中。除了这个令人难以置信的推论，我再也找不到其他解释。然而当我想到这个推论的瞬间，至今为止的所有谜团全都迎刃而解。乍看之下不可能实现的情况，全都变成了可能。比如说，你所提到的'魔法壶'。我原本也认为除非借助恶魔的力量，否则那么小的花瓶里根本不可能藏人。但这是因为我们受到了思维定式的影响。一般来说，常人眼中的杀人凶手都像犯罪学资料插图所描绘的那样，是个狰狞、凶猛的壮汉，没有人会将目光放在幼童身上。此时，儿童也可能是凶手的观点就被盲点掩藏了起来。然而一旦将目光放在儿童身上，花瓶之谜就能迎刃而解。那花瓶虽小，但或许真的可以躲藏一个十岁的儿童。只要用一块大布将花瓶包裹并遮挡起来，里面的人就能顺着松动的结扣自由进出。钻进花瓶后，可以从里面重新系紧结扣，挡住瓶口。魔法并不存在于花瓶本身，而是在于钻进花瓶的人。"

诸户的推理有条不紊、环环相扣,听上去巧妙极了。但即便他说了这么多,我仍旧有些难以接受。或许是我不经意间将心中所想流露在了脸上吧,诸户盯着我继续说道:

"除了凶手进出渠道不明,初代小姐被害一案还存在另一个重要的疑点。你应该还记得吧?为什么凶手要在那么危急的情况下拿走巧克力罐?然而如果凶手是个十岁的孩童,这一点就能得到完美的解释。对这个年龄的孩子来说,装在精致罐子里的巧克力要比钻石戒指和珍珠首饰迷人得多。"

"我还是不能理解。"我忍无可忍地开口道,"一个会贪恋巧克力的天真孩童,又怎么会去杀害两个无辜的成年人呢?糖果与血案的强烈对比听起来荒谬无比。这起案件展现出了极度的残忍、周密的准备、过人的头脑与精准的犯罪手法,你又怎么能要求一个幼童具备这些本领呢?这一切不过是你的恶意推测吧!"

"之所以你会觉得说不通,是因为你将孩童当作这起案件的主谋。这样的罪行当然不是孩童所能设计出来的,其背后隐藏着他人的意志。真正的恶魔还藏在暗中。孩子不过是训练有素的杀人机器罢了。这是多么异想天开又毛骨悚然的计谋啊。没有人会注意到十岁孩子竟是凶手,哪怕事情败露,他也不会受到成年人那样的刑罚。就像是盗窃团伙会训练无知的幼童伺机行窃,这起案件的主谋也采用了同样的手法。而且正因为凶手是孩童,才能藏在花瓶里安全运出,并让小心谨慎的深山木先生放下戒备。你或许会质疑,即使经过严格训练,一个贪恋巧克力的天真孩童是否真的能下手杀人。但是儿童研究学者都知道，其实儿童的残忍程度完全不输给成年人。他们能活生生地扒去青蛙的外皮，将蛇折磨得半死不活。这些成年人难以理解的事情正是儿童特有的乐趣。这样的杀戮不需要任何理由。根据进化论学者的解释，儿童是人类原始时代的象征，他们比成年人更加残忍野蛮。将这样的儿童选作自动杀人机器，我不得不为幕后真凶的邪恶智慧拍手称奇。或许你会认为，无论如何训练，十余岁的孩童都不可能变成技艺高超的杀手。这话听来确实很有难度。在这起案件中，这个孩子必须悄无声息地穿过地板下方，打开掀板悄悄进入初代小姐的房间，快速准确地刺中她的心脏，不给她喊叫的机会，而后再一次返回二手商店，在狭小的花瓶里躲藏一整晚。在海边，他必须一边与三个陌生的孩子嬉戏，一边趁其不备，一刀杀死埋在沙子里的深山木先生。一个十岁的孩子真能完成如此艰巨的任务吗？就算他真的完成了，他又能否保守秘密，不被任何人发现呢？这样的推断确实不无道理。但这依旧没有脱离常规思考。说出这些话的人不知道训练成果有多么惊人，不知道世上还存在着远超出常规的怪事。中国的杂技不就有训练五六岁的孩子，让他们弯折身体，将头从胯下探出来吗？查利涅的杂技不是也能训练不到十岁的孩子在九米高的空中，像小鸟一样从一个秋千跳到另一个秋千吗？既然这些人都能做到，你又如何断言不会出现一个穷凶极恶之人，不择手段地训练十岁孩童杀人技巧呢？说谎也是一样。你看看那些为了吸引路人同情而被雇来乞讨的幼童，是怎样绘声绘色地将身边的成年乞丐描述成自己的父母？你有没有见过这些孩童的惊人演技？只要选对训练方法，小孩子的手腕绝不会输给成年人。"

诸户的讲解确实令我信服，但我仍不愿相信真的存在如此穷凶极恶之徒，竟会利用无知的孩童犯下滔天大罪。我忍不住想从诸户的话语中找到丝毫可以辩驳的破绽。恍惚中，我漫无目的地环视房间，就像是个企图挣脱噩梦的人。随后诸户闭口不言，周围瞬间安静了许多。对于家中环境相对热闹的我而言，这个房间就像是诡异的异世界一般。由于天气燥热，屋内的窗户都开了个小缝。然而我感觉不到一点风，窗外的黑夜更像是一道深不可测的漆黑墙壁。

我扭头看向那个与凶案息息相关的花瓶。一想到有个少年杀手在同样的花瓶中躲藏了整晚，一种难以言喻的压抑情绪瞬间浮上心头。与此同时，我仍在绞尽脑汁地思考怎样才能推翻诸户做出的骇人推断。我盯着花瓶看了好一会儿，突然有了一个发现，立刻兴奋地反驳道：

"根据我在海边见到的四个孩子的身形，他们根本无法钻进这个花瓶。一米一以上的孩子不可能钻进九十厘米左右的花瓶。这个花瓶这么细，根本没法在里面蹲下身子。再加上瓶口这么小，多么消瘦的孩子都钻不进去吧。"

"我原本也是这么想的，所以找来了年龄相仿的孩子进行尝试。不出所料，那孩子确实钻不进去，但是将他的身形和花瓶体积进行对比后，我相信如果小孩子的身体能像橡胶一样任意弯曲，就一定钻得进去。但人类的手脚和身躯无法如橡胶般任意弯曲，所以不能完全隐藏起来。看着那个孩子进行各种尝试的时候，我突然想到了一件怪事。很久以前，我曾听人说起过一个逃狱高手。只要找到可以让头部穿过去的孔洞，他就能利用一种特殊的绝招，将身体弯曲成各种形状，整个人从洞里钻出来。这个花瓶的瓶口大于十岁儿童的头部，只要真能做到这一点，里面宽敞的空间足以藏进一个孩子。那么，究竟什么样的孩子才能做到这一点呢？我首先想到的是从小就被天天灌醋，身体关节如同水母般伸缩自如的小杂技演员。说到杂技演员，有个杂技表演正好与这起案件非常相似。那是一项足艺表演。演员的脚上顶着一个大壶，壶里装着个孩子，双脚蹬着壶不停旋转。你看过这项表演吗？钻进壶中的孩子要不断弯曲身体，将身体团成球形。他们的腰部可以对折，头部可以塞进两膝之间。能完成这种表演的孩子肯定可以轻松藏入这个花瓶。说不定真凶身边正好有这样的孩子，所以他才会想出利用花瓶杀人的计谋。想到这一点，我赶忙去拜访了一位热爱杂技的朋友，他告诉我恰巧有个马戏团在莺谷附近表演，那里也有同样的足艺表演。"

听到这里，我才恍然大悟。刚进家门时，诸户提起的小客人应该就是马戏团的小杂技演员。而我上次在莺谷撞见诸户的时候，他应该就是去确认这位小演员的面容。

"听了朋友的介绍，我立刻去观看了马戏团表演，发现进行足艺表演的孩子非常像镰仓海边的四个孩子之一。由于我无法清楚记起海边四个孩子的长相，只能先对他展开调查。这个小演员身在东京，符合四人之中唯一一个从东京来到海水浴场的条件。

但我担心贸然行动会引发对方戒备，使真凶借机逃走，便选了一个非常兜圈子的方式，利用职务之便将孩子单独带了出来。我向对方亮明了医学专家的身份，表示希望能借用这个小杂技演员一晚，调查他畸形发育的生理状态。为了让对方同意，我花了好一番工夫，又是收买管理巡回表演的权威人士，又是给了马戏团团长不少好处，还答应那孩子要买许多他爱吃的巧克力送给他。"说着，诸户打开了窗边小桌上的纸包，里面放着三四个精美的巧克力罐和纸盒，"今晚我总算达成目的，将那位杂技少年单独带回家中。我所说的餐厅里的客人就是他。不过他刚来没一会儿，我还什么都没问，也不清楚他是不是曾经出现在海边的那个孩子。不过现在正好，就让我们一同展开调查吧。你应该记得当时几个孩子的长相吧？而且我们还可以让他试试能否钻进这个花瓶。"

说完这些，诸户就站起身，带我前往餐厅。诸户将一个前所未有又异于常理的推论呈现在我面前，在听过他这番复杂曲折、井然有序的长篇大论后，我不禁心悦诚服，彻底失去了辩驳的力气。为了亲眼见见这位小客人，我站起身，和诸户一同走向走廊。

少年杂技演员

　　一眼就认出面前的孩子是镰仓海边四人之一后，我向诸户示意了一下。他立刻满意地点点头，随即坐在孩子身旁。我也一同坐在了餐桌另一边。此时，刚吃完饭的孩子正在看学徒工拿来的图画杂志。见我们就座，他盯着我们的脸咧嘴一笑。只见他身穿一套肮脏的小仓水手服，嘴巴动个不停。乍看之下似乎有些痴呆，骨子里却透出了一丝阴冷。

　　"这孩子的艺名叫友之助，今年十二岁。因为发育不良，身材瘦小，看上去只有十岁左右。他没有接受过义务教育，遣词用字比较幼稚，而且还不认字。不过他的表演技巧高超，动作就像松鼠一样敏捷，算是个智力低下的低能儿吧。他的肢体动作和话语有一种说不上来的神秘感。他严重缺乏常识，在做坏事方面存在着异于常人的畸形心态，可以说是与生俱来的罪犯。此前不管我问他什么，他的回答都是含糊不清的。从表情来看，他似乎根本听不懂我在说什么。"

　　向我进行了简单的讲解后，诸户转头看向这位少年杂技演员友之助。

　　"前几天你是不是去了镰仓的海水浴场？当时这位叔叔就站在你身边，你还记得吗？"

　　"不知道。我才没有去过什么海水浴场。"友之助对诸户翻了翻白眼，粗鲁地答道。

"怎么会不知道呢？你想想看，当时被你们埋进沙堆里的胖叔叔被人杀害，不是还引发了轩然大波吗？你应该记得吧？"

"不知道。我要回去了。"

友之助一脸不高兴地站起身，似乎真的准备离去。

"别开玩笑了。这么远的路程，你一个人根本回不去。你又不认识路。"

"我认识路啊。要是找不到路，我还可以去问其他大人。我还曾走过十里路呢。"

诸户苦笑着思索了一会儿，便命令学徒工取来那个花瓶与包着巧克力的纸包。

"等一下，叔叔给你拿好东西来了。你最喜欢什么？"

"巧克力。"

友之助一动不动地坦率答道，声音中似乎还带着怒气。

"原来是巧克力。这里有很多巧克力，你不想要吗？不想要就回去吧，回去可就没有这些巧克力吃了。"

一看到包着巧克力的大纸包，孩子瞬间露出了欣喜若狂的神情，但仍旧倔强地拒绝索要。不过他坐回到椅子上，一声不吭地瞪着诸户。

"看看这个，是不是很想要？只要你听叔叔的话，这个就送给你吃。你先看看这个花瓶，是不是很漂亮呢？你曾经见过同样的花瓶吗？"

"没有。"

"没见过吗？你还真是倔强呢。这个问题我们一会儿再说。对了，这个花瓶和你平时进行足艺表演的壶相比，哪个更大一些？应该是这个花瓶更小吧？你肯定钻不进去。就算你的表演技巧再怎么高超，也不可能钻进去。没错吧？"

见那孩子沉默不语，诸户便继续开口道：

"怎么样，你要不要试试看？我可以给你奖励。只要你能钻进去，我就给你一盒巧克力。你可以直接在这里吃。但真是遗憾，你根本钻不进去。"

"我要是能钻进去，你真的肯给我吃？"

友之助毕竟只是个孩子，他终于还是中了诸户的圈套。

只见友之助快步走向景泰蓝花瓶，双手撑着边沿部位轻轻一跃，就坐到了牵牛花状的瓶口上。随后，他先是伸入一条腿，将另一条腿在腰部附近弯折，臀部一扭一扭地钻进花瓶，灵活得令人咋舌。头部完全藏入花瓶后，他高举的双手在空中扭动了一会儿，很快就缩了进去。这技艺真是神奇。从上面看去，可以看到孩子黑黑的脑袋正好堵住了瓶口，如同瓶塞一般。

"厉害厉害。好了，我这就给你奖励，你快点出来吧。"

钻出来的过程稍费了一些工夫，看起来比钻进去更难一些。孩子的头和肩膀轻轻松松地出来了，唯有和进去时同样弯着腿扭动臀部的动作最为费力。从花瓶里钻出来后，友之助得意地笑了笑，随后跳下花瓶，默不作声地盯着我们，并没有急着索要奖励。

"来，这个给你。不必客气，快吃吧。"

诸户递过一盒巧克力，孩子立刻一把夺过，毫不客气地打开盖子，撕开其中一块巧克力的锡纸，丢进嘴里吃了起来。不过，他虽然吃得津津有味、舔嘴咂舌，却一直满眼遗憾地盯着诸户手里最精美的巧克力罐。看来他对自己只拿到最简陋的盒装巧克力感到不满。可见对他而言，巧克力和容器本身有着极大的吸引力。

诸户将孩子抱到自己腿上，一边抚摸着他的头，一边开口道："好吃吗？你真是个乖孩子。但其实这盒巧克力没有那么高级，装在这个金色罐子里的巧克力要比它美味十倍。来，快看看这个精美的罐子，它简直就像太阳一般熠熠生辉。这次可以把它送给你，但你必须对我说真话。如果你不肯一五一十地回答我的问题，我就不能把它送给你。明白了吗？"

诸户一字一句慢慢说道，就像个催眠师在施加暗示。友之助正忙着以惊人的速度撕开一张又一张的锡纸，将巧克力送入口中，全然不顾从诸户的腿上逃离，只是忙不迭地点着头。

"这个花瓶的外观和花纹都与那一晚巢鸭二手商店的花瓶一样。你应该记得吧？当晚你就是藏在这个花瓶里，在夜深人静的时候悄悄溜出来，穿过地板下面进入了隔壁邻居家中。你在那里做了什么来着？是不是将短刀刺入了一个正在熟睡的人的胸口？难道你忘了吗？那人的枕头下也放了一个精美的巧克力罐吧？你不是把它带走了吗？你还记得当时你用刀捅的是一个什么样的人吗？来，快回答我吧。"

"是个漂亮姐姐。人家吩咐我不可以忘记她的长相。"

"很好,很好,这样回答就对了。你刚刚说自己没去过镰仓海边,其实是在说谎。你还把短刀刺入了埋在沙子里的叔叔胸前。"

友之助依旧只顾着吃巧克力,下意识地点头回应着。随后,他似乎突然察觉到了什么,露出了非常害怕的神色。紧接着,他一把丢开吃到一半的巧克力盒子,试图从诸户的腿上跳下去。

"不要怕。我们和你们马戏团的团长都是朋友,你可以对我们说实话。"诸户赶忙阻止道。

"不是团长,是'阿爸'。你也是'阿爸'的朋友吗?我特别怕'阿爸'。求你帮我保密,好不好?"

"别担心,没事的。好了,你只要再回答叔叔最后一个问题就好。你说的'阿爸'现在人在哪里?他叫什么名字?你总不会忘了吧?"

"开什么玩笑,我怎么可能忘记'阿爸'的名字。"

"那你就说说看啊。他叫什么名字?叔叔想不起来了。快点告诉我吧。你看,只要你说了,这个像太阳般精美的巧克力罐就是你的了。"

对面前的孩子来说,巧克力罐简直就像施了魔法一样。如同成年人会为了堆成山的黄金不顾性命安危,这个巧克力罐也足以吸引他忘记其他一切。就在他准备开口作答的瞬间,突然传来了一声异样的巨响。紧接着,诸户大叫一声,一把推开孩子向旁边躲去。难以置信的一幕发生了。只见友之助躺倒在地毯上。一抹猩红出现在白色水手服胸前,仿佛有人打翻了红墨水。

"蓑浦，危险！是枪！"

诸户一边大声叫喊，一边快速将我推到房间的角落。但我们所担心的第二发子弹并没有射出。足足一分钟的时间，我们站在原地茫然无措。

为了将少年灭口，有人顺着窗缝，从漆黑的窗外开了一枪。显然友之助的话语对他产生了威胁。或许他就是友之助口中的"阿爸"。

"我们报警吧。"

好不容易想起要报警的诸户匆忙跑出房间，很快就从他的书房传来了联络附近警署的声音。

听着他的声音，我呆呆地站在原地，脑海中突然浮现出来时看到的腰部几乎对折的诡异老人。

乃木将军的秘密

虽不知对方是谁，但在意识到人家手里有枪，而且并非只是威胁后，我、学徒工和阿婆全都脸色铁青地逃出房间，不约而同地聚到诸户正在报警的书房，根本无力追捕凶手。

诸户却勇敢得多。挂断电话后，他一边跑向玄关，一边大声呼唤着学徒工的名字，并要求其准备提灯。我也不能坐视不管，只得随学徒工一起准备了两盏提灯，追向早已跑出门外的诸户。然而这晚没有月亮，周围一片漆黑，根本看不清楚凶手逃向何方。想着凶手或许还潜藏在庭院内，我们便举着提灯四处徘徊了一圈。然而无论是树后还是房屋角落，都没有看到任何踪迹。凶手肯定是趁着我们磨磨蹭蹭地打电话、找提灯的时候逃走了。无奈之下，我们只得等待巡警到来。

等了好一会儿，几名警官才从辖区警署赶来。然而徒步穿行乡间小路耗费了太长时间，已经没有办法立刻追踪犯人了。即便他们打电话通知附近的电车车站设卡拦截，也为时已晚。

最先到达的警官查看了友之助的遗体，并仔细搜查了庭院。没过一会儿，检察院和警视厅也派人前来对我们进行了各种盘问。无奈之下，我们只得吐露实情，却遭到了好一番斥责。对方责怪我们没有及时报警，而且不该多管闲事。随后我们又受到了多次传唤，不得不对着一批批人员重复同样的回答。根据我们的描述，警方向莺谷的马戏团通报了这起怪事，对方也派人拉走了遗体，并表示对凶手的身份毫无头绪。

诸户向警方报告了少年杂技演员就是两起命案凶手的离奇推理，警方也因此对马戏团展开了详细调查，然而成员之中找不出任何可疑人士。没过多久，随着马戏团结束在莺谷的表演，转为前往乡村继续演出，警方对马戏团的怀疑也就不了了之。警方还根据我的陈述得知了那位看似八旬老翁的诡异老者，但无论如何搜寻，都找不到这样一位老人。

十岁的单纯少年犯下两起杀人大案、步履蹒跚的八旬老翁用最新型号的勃朗宁手枪杀死了这名少年……这样的推论实在太过荒唐，根本无法被循规蹈矩的当局采纳。更何况诸户虽然是帝国大学的毕业生，却没有投身仕途或自行创业，而是整天专注于千奇百怪的研究工作，而我又是一个为爱痴狂的文学青年般的男人，以至于警方将我们当成了妄想狂——痴迷于复仇和侦探游戏的狂人。或许是我多心了，但我总觉得他们把诸户那条理分明的推论当作妄想狂在胡说八道，根本不屑一顾（警方根本没有把通过巧克力换来的十岁孩子的自白当回事）。就这样，警方开始根据自己的判断追查凶手，然而随着日子一天天过去，他们根本连嫌疑犯的影子都没有找到。

再说诸户，他不仅向马戏团支付了一大笔帛金作为赔偿，还受到了警方的严厉批评，并被当作侦探狂人。可以说自从参与调查这起案件，他就没捞到什么好处。但他并没有因此失去斗志，反而变得更加投入了。

不过，就像警方全然不信诸户天马行空的推论一样，诸户也对警方的调查方向不屑一顾。日后我向诸户透露深山木幸吉将恐吓信上提到的"那样东西"寄给了我，以及那东西竟是一尊没鼻子的乃木将军雕像时，诸户不仅没有在警方传唤时提到半个字，还嘱咐我不要说出去，足以证明他对警方的不信任。也就是说，他打算凭借自身的力量全面调查这一连串的案件。

那时，我为初代复仇的念头虽然丝毫没有改变，但除了茫然无措地看着案件越来越复杂、规模越来越庞大，根本毫无办法。凶案一件接一件地发生，真相不但没有被揭开，反而越发难以捉摸，实在令我惊恐万分。

此外，诸户道雄出其不意的热情也令我费解。正如前文所述,纵使他对我有千般爱慕,或是对侦探活动有万般兴趣,都不可能仅因这两个理由就如此热衷于调查,其背后一定存在别的缘故。

就这样,少年惨死案件发生后的几天里,我们要一边忙于应付身边的混乱不堪,一边为不明身份的敌人担惊受怕。在此期间,我曾多次拜访诸户,但我们都没有冷静到足以坐下来细细讨论对策的地步。直到友之助被害几天后,我们才真正开始讨论下一步方案。

这天我也没有上班(自从案件发生,我几乎一直在请假),而是来到了诸户家。在书房聊天时,他大致表达了这样的意见:

"我不知道警方那边进展如何,不过还是不要对他们抱什么希望。我认为这起案件已经超出了警方的常识范畴。不如他们查他们的,我们查我们的。友之助只是真凶的傀儡,开枪打死友之助的凶手或许也是傀儡之一。身份成谜的幕后黑手一直隐藏在迷雾之中。毫无目的地追查幕后黑手恐怕不会有什么收获。我们需要思考这三起凶案背后隐藏着怎样的动机,究竟是什么引发了犯罪,这才是找出真凶的捷径。根据你的描述,深山木先生被杀前收到的恐吓信中,提到了让他交出'东西'。对凶手而言,这样'东西'非常重要,甚至不惜牺牲这么多条人命。这次的案件应该也是为了拿到这样'东西'而引发的。无论是杀死初代小姐和深山木先生,还是派人潜入你的房间进行翻找,都是为了这样'东西'。而友之助之所以被杀,是因为他知道幕后黑手的名字。不过值得庆幸的是,这样'东西'就在我们手上。虽说不知道这尊没鼻子的乃木将军值多少钱，但他们想找的应该就是这尊乃木将军石膏像。因此，现在我们要做的就是详细调查这尊奇怪的石膏像。警方对这个'东西'一无所知，它肯定能为我们提供不小的帮助。不过我们的住处全都暴露了，非常危险，我们必须寻找一个无人知晓的侦探总部。我已经在神田某地租好了房间。明天你把那尊石膏像用废旧新闻纸包好，让它看上去像个不值钱的物件，然后坐车去到那个房间。我会先一步过去等你，我们在那里慢慢调查石膏像吧。"

我欣然同意了诸户的提议，并在第二天租了一辆车，按照约定时间来到了他所告知位于神田的住宅。房间位于神保町附近的学生街。穿过餐馆林立的蜿蜒小巷子，可以看到一间破损的餐厅，诸户租下的就是餐厅二楼对外出租的六块榻榻米大小的房间。爬上陡峭的梯子，只见难得穿上了和服的诸户正坐在红棕色的榻榻米上，他背面的墙上有着大片漏雨留下的痕迹。

"这间屋子可真脏啊。"说着，我眉头紧锁。

"我是刻意挑选这间屋子的。下面是西餐厅，进进出出不容易引人注意，更何况这里是热闹的学生街，就更不显眼了。"诸户洋洋得意地解释道。

我突然想起上小学时常玩的侦探游戏。这游戏不同于普通的扮盗贼游戏，而是要和朋友一起拿上铅笔、本子，深夜故作神秘地在街上徘徊，抄下各家各户的门牌，以此记录每条街道的每一户都住着什么人，仿佛这样能够掌握什么重大秘密，令我们窃喜不已。那时我的小伙伴非常热衷于这种神神秘秘的游戏，为了玩侦探游戏，他还骄傲地将自家的小书房命名为"侦探总部"。看到现在诸户为成功打造了"侦探总部"而得意不已，不禁让我将已过而立之年的他与当时那个喜爱秘密的奇特少年重叠在了一起，我们接下来要做的事情也变得像孩童嬉戏般欢乐。

尽管情况极为严肃，我却按捺不住心中的雀跃。我看了看诸户，他的脸上同样神采奕奕，就像孩子一样兴奋。摆在面前的秘密与探险刺激着我们依旧稚嫩的内心。更何况诸户和我的关系并不是一句"朋友"就能解释清楚的。他对我怀揣着一种奇异的恋情，我虽然无法理解他的这份情感，却非常清楚他对我的用情至深。他的感情并没有让我感到极度不适。与他相处的时候，我们之间会产生一种甜蜜的氛围，仿佛我们其中一方身为异性。说不定正是这种氛围加重了此次侦探活动的乐趣。

见我来了，诸户伸手接过了那尊石膏像，认真地端详了好一会儿，就轻轻松松地破解了谜团。

"我早就料到这尊石膏像本身没有任何意义。因为初代小姐明明没有得到这尊石膏像，仍旧惨遭毒手。初代小姐遇害时，被盗的除了巧克力，还有一个手提袋，而这尊石膏像根本无法装入袋子。也就是说，被偷走的是一个更小的物件。而小物件可以藏进石膏像里。柯南·道尔有一部名为《六尊拿破仑半身像》的小说，讲的就是将宝石藏进了拿破仑石膏像里。深山木先生肯定是想起了这部小说，才依葫芦画瓢地用石膏像来隐藏那样'东西'。你看，拿破仑和乃木将军是非常易于联想的两个人。我刚刚仔细看了一下，这尊石膏像曾经碎成了两半，又用石膏重新封了起来,只是污垢让封口处不那么显眼罢了。你看这里,是不是有一条崭新的石膏细线?"

说着,诸户用指尖沾了点唾液,在石膏像的一处擦了几下,下面的接缝立刻显露出来。

"我们把它打破吧。"

话音未落,诸户就将石膏像撞向柱子,乃木将军的面庞瞬间裂成了碎片。

"弥陀恩赐"

破碎的石膏像里塞满了棉花。拆掉棉花后,两本册子掉了出来。令我没有想到的是,其中一本竟是木崎初代的本家族谱。我这才想起初代将这本族谱交给我保存后,我就在第一次拜访深山木时将族谱交给了他,随后一直没有取回。另一本似乎是个年代久远的记事本,几乎每一页都用铅笔写满了字。后面我会向各位读者细细道来这是一本多么诡异的记录。

"啊,这就是你提到的那本族谱啊。我果然没有猜错。"诸户拿起族谱,兴奋地大声说道。

"问题就出在这本族谱,它就是盗贼拼上性命也要得到的'东西'。其实回顾一下至今为止发生的一切,不难得出这个结论。首先是初代小姐的手提袋被盗。虽说当时她已经将族谱送给了你,但在此之前她一直将族谱放入手提袋随身携带,所以盗贼认为只要抢走手提袋就行，没想到却扑了个空。随后盗贼又盯上了你，结果还没来得及出手，你就恰巧将族谱交给了深山木先生。不知深山木先生带着族谱去到了什么地方，他应该是在那里掌握了重要的线索。而后盗贼寄出了恐吓信，深山木先生同样遭到毒手，可是这本族谱已经被封入石膏像寄给了你，盗贼只能在深山木先生的书房里再次扑了个空。现在，盗贼又一次盯上了你，但他并没有察觉到石膏像，尽管多次前往你的房间里翻找，依旧没能找到族谱。这个盗贼一直被族谱牵着鼻子走，真是太可笑了。从这个顺序来看，盗贼拼上性命也要夺走的就是这本族谱。"

"我突然想到一件事！"我惊讶地说道，"初代曾对我说过，她家附近的二手书店老板曾多次向她收购这本族谱，而且不惜出高价。但我们都认为这本不起眼的族谱根本值不了几个钱。现在看来，应该是盗贼委托二手书店老板前去收购的。只要我们去这家二手书店询问，是不是就能问出盗贼的身份了？"

"如果真是这样，就更能证明我的推测八九不离十了。但是如此深谋远虑的真凶，肯定不会让二手书店老板掌握自己的真实身份。对方应该是想先利用二手书店老板，采用稳妥的方式买下族谱。见这一招行不通后，才决定直接偷盗。我记得你曾经说过，初代小姐看到那位诡异老人时，她书房里的东西摆放的位置发生了变化。这证明对方曾试图入室盗窃。然而当对方知道族谱一直被初代小姐随身携带后，他就决定……"

说到这里，诸户突然变得脸色铁青，仿佛察觉到了什么。随后他瞪大双眼，呆呆地盯着上空一语不发。

"怎么了？"

不管我如何追问，他也没有开口。过了好一会儿，他似乎才有所缓和，继续若无其事地说道："他就决定……杀死初代小姐。"

诸户的语气吞吞吐吐的，听上去很是犹豫。此时他所流露的异样表情令我至今难忘。

"但我还是有个疑问。这个人为什么要杀害初代和深山木？肯定有方法直接偷走族谱，用不着伤人性命啊。"

"这一点我也想不明白。恐怕有什么不得不杀人灭口的理由。显然这起案件没有那么简单。好了，我们还是不要纸上谈兵了，直接看看这两本册子吧。"

说着，我们翻开了两本册子。族谱与我之前看到的一样，就是一本平凡无奇的族谱，而另一本记事本上却写满了奇特的内容。我们翻阅了一会儿，立刻被上面的奇异内容所吸引，彻底沉迷其中。虽说我们最先翻开的是记事本，但是为了便于叙述，还是先来说说族谱的秘密，随后再说记事本吧。

"现在又不是千百年前的封建时代，哪有人会冒着生命危险去偷盗族谱啊。也就是说，这本族谱没有看上去那么简单，背后应该隐藏着更深的含义。"

诸户一边细心地翻阅着每一页，一边慢慢说道："九代，春延，幼名又四郎，享和三年（1803年）继承家主，赐二百石，文政十二年（1829年）三月二十一日殁……前面几页都被撕掉了。

藩主的名字估计写在最前面,后面直接省略了,只写了俸禄是多少。看这二百石的微薄俸禄,就算知道了姓名,恐怕也很难查出是哪一藩的臣子。这种小家小户的族谱为什么会有这么重要的价值?就算是要继承遗产,也不需要用到族谱。哪怕真的需要,也不该直接偷盗啊。如果需要族谱作为证据,直接大大方方地索要不就可以了,根本用不着偷啊。"

"真是奇怪。你看这里,封面似乎被人撕开过。"

我突然察觉到封面的异样。从初代手中接过时,封面还是完完整整的,现在外侧古色古香的布制封皮和内侧的衬纸却分开了,像是被人费力撕开的。翻开一看,只见几行漆黑的文字被裱在布制封面内部的纸上。

"是啊,确实是故意撕开的。肯定是深山木先生撕的。他这么做一定有自己的用意。深山木先生似乎已经看穿了一切,绝不会做没有意义的事情。"

我下意识地读出了这段裱在纸上的文字,然而其中流露出的异样感觉让我立刻把它拿到了诸户面前。

"这究竟写的什么?难道是偈颂?"

"真奇怪啊,这并不是偈颂的段落,从年代来看也不可能是神谕。看来里面大有玄机。"

封面内侧裱着下面这段奇妙的话语:

神佛若然相会

巽鬼应声而碎

寻觅弥陀恩赐

勿迷六道岔路

"这几句话听起来风马牛不相及,文风看似自成一派,毫无美感可言。应该是古时没什么学问的老人家写下的吧。不过,什么神佛相会、巽鬼应声而碎,听起来似乎颇具深意,却让人摸不着头脑。这段神秘的文字应该就是问题的关键。深山木先生甚至特意撕开查看过呢。"

"听起来就像咒语一样。"

"是啊,确实很像咒语,但我觉得这应该是暗号,而且是值得以命相搏的暗号。若果真如此,这段奇妙的话语肯定价值连城。说到与金钱有关的暗号,一般都会联想到预示着藏宝地点的内容。你看这段话中的'寻觅弥陀恩赐',像不像是'寻找宝藏地点'的含义呢?隐藏的金银珠宝确实可以称作是弥陀恩赐了。"

"是啊,的确可以这样理解呢。"

一个身份成谜的幕后人物(或许就是那位看似年过八旬的诡异老人)不惜牺牲多条性命也要拿到这张封面内侧的纸,因为这张纸上的话语暗示了藏宝地点,所以对方才会想方设法展开追查。若真如此,事情就变得非常有意思了。只要我们解开这段古老的暗号,或许就能像爱伦·坡的小说《金甲虫》里的主人公一样,摇身一变成为百万富翁。

然而我们再怎么绞尽脑汁,除了"弥陀恩赐"看起来像是在暗示宝藏,剩下三句话的含义却怎么也想不出来。或许只有真正熟悉宝藏所在地的位置与地形的人,才能参透其中的意思。全然不知具体位置的我们这辈子都别想解开这个暗号了（假设它真的是暗号）。

话说回来，这几句话真的如诸户所想，就是宝藏所在地的暗号吗？这样的想法是不是像一个浪漫的天方夜谭呢？

天外之境的来信

接下来该聊聊那本奇特的记事本了。如果族谱中的秘密真如诸户推测的那样珠光宝气，那么记事本中的内容就是与之截然相反的阴森恐怖了。这是一封超乎我们想象的天外之境的来信。

这份记录至今仍保留在我的置物箱底部，我会将重要的段落誊写下来。虽说只是段落，篇幅仍旧不短。不过这份奇妙的记录正是这段故事的核心，里面讲述了非常重要的情况，因此还请各位读者耐着性子姑且一看。

这篇奇异的叙述采用极细的铅笔书写，其中使用了大量注音和白字，还有浓重的乡下方言，文章本身已然流露出一种诡异的气息。为了便于各位读者阅读，我将方言改成了普通话，还把注音和白字改成了正确的汉字。文章中的括号和标点符号都是我添加的。

我请求教唱歌的老师悄悄地带来了这个本子和铅笔。听说在遥远的国度，每个人都会将心中所思所想落于笔下，以此为乐，所以我（是其中一半的我哦）也决定尝试书写。

我已经逐渐理解了何为不幸（这是最近才学会的词语）。恐怕只有我一人配得上"不幸"二字。听说在遥远的地方有一个世界，其中有个叫日本的地方，大家都住在那里。然而我自从出生，就从未见过这个世界与所谓日本。这足以证明我的不幸。现在的我已经快要被不幸压垮了。书上常有这样一句话——神啊救救我吧。我虽然从未见过神明，但是也想说上一句：神啊救救我吧。如此一来，心中就能轻快几分。

我想聊聊自己的痛苦心境，然而却没有人能够听我倾诉。天天来此的助八比我年长许多，他让我称他为"爷爷"。他已经是位老爷爷了。还有一个不会说话（也就是哑巴）、每天送三次饭的年姨（她已经四十岁了）。年姨无法与我沟通，助八爷爷也不苟言笑，无论我问什么，他都只会泪眼汪汪地眨眨眼睛，说什么都无济于事。除此之外就只有我一人。虽然我能和自己聊天，但我与自己非常合不来，常常说着说着就吵架，实在气人。为什么另一张脸与这张脸不同？为什么想法会南辕北辙？真是太让人伤心了。

助八爷爷说，我今年十七岁了。十七岁——意味着我已经出生十七年了，那么我一定在这四堵墙围起的小房间里住了十七年吧。助八爷爷每次到来，都会告诉我日期，所以我多少理解一年的长度，而这样的"一年"已经过去了十七次。这漫长的时间是多么令人悲哀啊。我想一边回忆，一边写下这段往事。这样一来，一定能写下我的所有不幸。

听说幼童都是喝母乳长大的，遗憾的是，我已经完全不记得当时的事了。听说母亲都是慈祥的女性,我却完全想象不出来。我还听说过有个与母亲相近的身份——父亲。如果那人真是我的父亲,那我们曾经见过两三次。那人告诉我:"我是你的阿爸。"他是个长相骇人的怪人。

现在想想,我应该是从四五岁时开始记事的。在此之前的记忆一片空白。从那时起,我便住在这个四面是墙的小房间里。我从未走出过由厚重的墙壁筑成的大门。那厚重的大门永远从外面上着锁,不管我怎么推怎么敲,都一动不动。

来介绍一下我所居住的四面是墙的小房间吧。我不知道该如何测量长度,如果以我的身体为标准,那么每一面墙都相当于四个我的长度,高度则相当于两个我重叠起来。天花板上盖了块板子。助八爷爷说,板子上面铺了泥土和瓦片。透过窗子,可以看到瓦片的边角。

现在我所坐着的地方铺了十块榻榻米,下面有一块板子。板子下面有个四边形的空间,可以通过梯子往来。下面的空间大小与上面相同,只是没有铺榻榻米,而且摆放着大小各异的箱子,包括我的衣物箱。这里还有卫生间。这两个四边形的空间既可以称作房间,也可以称作仓库,助八爷爷有时还会管这里叫仓房。

除了刚刚提到的墙壁门,仓房上下两层还各有两个窗户。窗户都有我身体的一半大小,上面各镶嵌着五根粗铁棍,所以我没办法从窗户逃出去。

铺着榻榻米的房间角落里摆放着被褥,还有我的玩具箱(我现在就趴在玩具箱上写字),墙上的钉子上挂着三味线。除此之外，再无其他。

我就是在这里长大的。我从未见过外面的世界和人来人往的街道，只在书本的插图里看到过街区。但我知道山与海，因为透过窗户可以看到。山就像高高隆起的土堆，海则是长而笔直，一会儿发蓝光，一会儿发白光。听说海里全都是水。这些都是助八爷爷告诉我的。

遥想四五岁时的自己，我依稀记得那时要比现在快乐得多。因为当时的我什么都不懂。那时还没有助八爷爷和年姨，只有一位名叫阿汲的老奶奶。他们都是残废。我曾怀疑她就是我的母亲，但仔细想想，自己从未喝过她的乳汁，应该是我想多了。她看起来一点也不慈祥。不过那时我还太小，已经记不清楚了。我已经无法记起她的容貌与身材，就连名字都是长大后问来的。

她常和我一起玩，也曾喂我吃饭吃点心，还曾教我说话。我每天都摸着墙壁走来走去，在被褥上攀爬，摆弄石头、贝壳、木块玩具，笑得开心极了。啊，那时真是太好了。为什么我会长这么大？又为什么我会懂得这么多？

（中略）

年姨正拿着饭菜走下去，她看上去似乎很生气。吃饱的时候小吉比较老实，就趁现在继续写吧。小吉不是别人，而是我的另一个名字。

自从我开始书写，已经过去了五天时间。我不会写字，还是第一次写这么长，写得非常缓慢，写一张纸就要花上一整天。

今天就写写我第一次受惊吓的事情吧。

一直以来，我都不知道自己和外面的人都是"人类"，我们不同于鱼儿、虫子和老鼠等生物，它们有着相同的外观。我一直以为人类都是奇形怪状的。之所以会产生这样的误会，是因为我从没有见过那么多人。

事情应该发生在我七岁左右的时候。在此之前，我所见过的人只有阿汲婆婆和随后到来的阿米婆婆。所以当阿米婆婆费力抱起我硕大的身躯，让我通过高高的铁窗看向外面广阔的原野时，一个过路的行人让我大惊失色。过去我也曾多次看过原野，但是从未有路人经过。

阿米婆婆肯定是名为"傻子"的残疾人。她从未教过我任何知识，所以在此之前，我根本不知道人类有着相似的外观。

穿过原野的路人有着与阿米婆婆相近的身形。然而我的身体却与那路人和阿米婆婆截然不同。我突然害怕极了。

"为什么那个人和阿米婆婆只有一张脸？"听我这样问，阿米婆婆哈哈一笑，并推说不知。

虽然那时我什么都不知道，但是仍旧怕得不行。睡觉的时候，奇形怪状又只有一张脸的人类不断冒出来。打那以后，我常常梦到这些。

"残疾"这个词是我开始向助八爷爷学唱歌后记住的。那是我十岁左右的事情。现在的年姨换掉阿米婆婆没多久，我就开始学习唱歌和三味线了。

年姨从不说话，似乎也听不到我的问话，让我觉得非常奇怪。助八爷爷告诉我，年姨是个哑巴。助八爷爷说，残疾的意思就是明显异于常人的人。

我于是开口问道:"那助八爷爷、阿米婆婆、年姨都是残疾吧?"助八爷爷惊讶地瞪大双眼道:"啊,小秀和小吉真是太可怜了,你们什么都不懂啊。"

现在我已经有了三本书,上面密密麻麻的小字我已经读过无数遍。助八爷爷虽然不爱说话,但一直以来教会我许多东西,而这几本书所带来的知识至少超过助八爷爷所教的十倍。虽然我对外面的世界一无所知,但非常熟悉书中的内容。书上有许多人类和其他事物的插图,它让我理解了人类本应具备的外形。不过在刚拿到书的时候,我还是非常惊讶。

回想起来,我从很小的时候就察觉到一丝异样。我有两张截然不同的脸,一张美丽,一张丑陋。美丽的一方与我心意相通,可以让我随心所欲地说话;而丑陋的一方则会在我稍不注意的时候,说一些完全违背我心意的话。即使我想阻止,也完全不受我的控制。

我一生气就会用指甲抓那张脸,每次那张脸都会大哭大闹,非常吓人。明明我一点也不伤心,那张脸却会不住地流泪。而我伤心落泪时,那张丑陋的脸又会笑个不停。

不受控制的不仅是脸,还有我的一双手脚(我有四只手和四条腿)。我只能控制右边的一双手脚,左边的手脚一点也不听话。

自从我记事以来,就一直觉得身体不受控制,仿佛被什么东西绑住了一样。都怪这张丑陋的脸和这双不听话的手脚。随着我逐渐学会说话，我得知自己拥有两个名字——美丽的脸叫小秀，丑陋的脸叫小吉，别提有多奇怪了。

听了助八爷爷的话，我终于明白了，原来残疾的不是他们，而是我。

虽然当时的我还不懂得"不幸"这个词，但打从那时起，我的心中就只剩下不幸。我非常难过，当着助八爷爷的面号啕大哭起来。

"真可怜啊，不过不要哭。人家说除了唱歌，什么都不能教给你们，所以我也不好说太多。这可真是造孽啊。你们本是一对双胞胎。在母亲腹中时，两个孩子连在了一起，就这么被生了出来。如果把你们切开，会要了你们的性命，所以只能这样将你们养大。"

助八爷爷这样说道。我不懂得什么叫"母亲腹中"，便询问助八爷爷，但他只顾着抹眼泪，什么都不肯说。现在我还清楚地记得"母亲腹中"这几个字，但还是不知道它的含义，因为从没有人告诉过我。

残疾人肯定非常不受待见。外面肯定还有许许多多的人，但是除了助八爷爷和年姨，没人来看过我，我也从未出去过。与其这么惹人厌，还不如直接死掉。助八爷爷没有教过我什么是死，我是从书上学来的。只要承受难以忍耐的疼痛，应该就能死掉了。

最近我萌生了一个念头：既然其他人都这么厌烦我，那我也要厌烦、憎恨他们。所以我开始在心中将那些与我不一样的正常人称作残疾，书写的时候也会这样写。

锯子和镜子

（注：略过在此期间的种种童年回忆）

我渐渐发觉，助八爷爷是个好爷爷，但是外面的人（说不定是神明，不然就是那个可怕的"阿爸"）却不允许他善待我。

我（小秀和小吉都是）非常渴望和人聊天，但助八爷爷在教完唱歌后，即使我伤心难过，也还是会佯装不知地离去。毕竟助八爷爷来了这么长时间，他时不时还是会与我说上几句，但是很快就会再次陷入沉默，仿佛被一只无形的手捂住了嘴巴。"傻子"阿米婆婆显然更爱说话，但对于我提出的问题，她向来只是寥寥几句就打发了。

文字、物品的名称和描述心情的词语大多是助八爷爷教给我的，但他推说自己没有学识，不肯教我更多字。

这天，助八爷爷给我带来了三本书。他说："这几本书是我从行李中找到的，你可以拿来看看。我看不懂这些，你也不识字，我要是说太多会有麻烦的。你虽然看不懂，但至少它能供你交流，陪你打发时间。"说着，他将三本书送给了我。

三本书名分别是《儿童世界》《太阳》和《回忆录》。这些名字大大地写在封面上，应该就是书名吧。《儿童世界》里面有许多插图，非常有趣，是我最常翻阅的一本。《太阳》里面讲述了许多故事，至今仍有一半以上的内容让我难以理解。《回忆录》是一本悲情与喜悦并存的书。看过几次后，它成了我最爱的一本书。不过里面仍有许多内容我看不懂，即使问过助八爷爷，也还是似懂非懂。

书里的插图和文字讲述的都是远方的故事，与我所经历的截然不同，所以我其实并没有真正看懂。书里的故事简直就像在做梦一样。原来远方的世界有着各种各样的东西、思维方式和文字，比我懂的要多上千百倍。我只能从这三本书和助八爷爷的寥寥数语中获取知识，恐怕就连《儿童世界》里登场的名为太郎的少年都懂得许许多多我所不知道的事情吧。因为外面的世界有个名为学校的地方，孩子们可以从中学到许多东西。

这三本书是我在助八爷爷到来两年后才得到的，那时我大约十二岁。然而拿到书的两三年间，我再怎么翻阅，也还是有许多看不懂的地方。即使询问助八爷爷，他也只是偶尔才答上两句，其他时候就像哑巴年姨一样闭口不答。

随着逐渐理解书中的含义，我开始懂得什么是悲伤。日子一天天过去，我渐渐明白了残疾的痛苦。

我所写下的是小秀的想法。小吉的想法不同于我，小秀也无法理解。写字所用的也是小秀的手。然而就像我能听到墙壁另一侧的声音，其实我也能理解小吉的心情。

在我看来，与小秀相比，小吉更像是个残疾。小吉不像小秀那样会看书认字，聊起天来，也没有小秀懂得多。小吉唯一的优点就是力气大。

不过小吉心中应该也很清楚自己是个残疾。每每聊起这个话题，小吉和小秀都不会吵架，只会聊一些悲伤的事情。

再来说说最令我伤心的一件事吧。

那天的饭菜中有一样从未见过的菜肴，问过助八爷爷后，他告诉我那叫章鱼。我问助八爷爷章鱼是什么样的，他说章鱼有八条腿，外形诡异极了。

听了他的话，我觉得自己不像是人，倒像是只章鱼。因为我一共有八条手脚。我不知道章鱼有几个头，但我就像是一只双头章鱼。

这天过后，我开始频频梦到章鱼。虽然不知道真正的章鱼长什么样，但梦中的章鱼都像是小一号的我，大量与我外形相近的章鱼在海中漫步。

又过了一段时间，我开始打起将身体一分为二的主意。细细看过之后，我发现身体右半边的头部、手脚和腹部都能让小秀随心所欲地控制，而左半边的头部和手脚则完全不受小秀控制。这应该是因为左半边有着小吉的心脏。也就是说，只要能把身体从中间切开，本为一体的我就能变成两个不同的人。小秀和小吉可以像助八爷爷和年姨那样变成独立的个体，自行思考、行动、入睡。要是真能实现，该有多么美好啊。

如果将小秀和小吉视作不同的个体，那么二者相连的只有小秀的左臀与小吉的右臀。只要从这里切开，两个人就能分开了。

一次，小秀向小吉吐露了这个念头，小吉也开心地表示赞同。可是这里并没有切开身体的工具。我曾听说过锯子和菜刀之类的东西，却从没有见过。小吉提议直接用牙咬断，小秀拒绝了这个提议,但小吉还是用力咬了一口。随着我的一声惨叫,小秀和小吉全都哭了起来。自此,小吉再也没敢尝试这个方法。

话虽如此,每当我想起自己是个残疾,或是发生争执、心情低落时,就又会萌生切开身体的念头。一次,我请助八爷爷帮忙找来锯子。他问我要锯子做什么,我便说要用来切开身体。听罢,助八爷爷惊讶地表示这样做我会死的。即便我泪眼汪汪地表示死也无所谓,他还是不肯听从我的请求。

(中略)

逐渐读懂书中的内容后,我(指的是小秀)学会了"化妆"一词。本以为化妆就是像《儿童世界》插图里的女孩子一样让身体变美,再穿上漂亮的衣服,在问过助八爷爷后,我才知道化妆原来指的是梳理头发,再涂上一种名叫香粉的粉末。

助八爷爷笑着表示会帮忙送来香粉,随后他又说:"太可怜了,你毕竟也是女孩子啊。不过你似乎没有洗过澡,这样不能涂抹香粉啊。"

我曾听说过"洗澡"这个词,也知道是什么意思,却从未亲眼见过。年姨不时会打来一盆热水,端到下面的木板屋子,我会用热水擦洗身体(就连这都要偷偷进行)。

助八爷爷说化妆需要镜子,但他也没有镜子,所以无法拿给我。

在我的再三请求下,他还是为我带来了一块玻璃,说是可以当作镜子的替代品。我把玻璃立在墙边,就能比水中倒影更加清晰地看到自己的脸了。

虽然小秀的脸没有《儿童世界》插图里的女孩子那般清秀，但还是比小吉、助八爷爷、年姨、阿米婆婆要漂亮得多。所以在照过玻璃后，小秀非常开心。只要洗干净脸，涂上香粉，再把头发梳好，说不定就能变得像画上的女孩子一样了。

尽管没有香粉，小秀还是会在早上洗脸时认真擦洗，努力把脸洗干净。梳理头发时，小秀也会一边照着玻璃，一边努力琢磨出画中的发型。一开始怎么也梳不好，不过熟悉之后，发型与画中的越来越相似了。我梳头的时候，有时哑巴年姨也会过来帮忙。小秀看到自己越来越美，心中欣喜若狂。

小吉虽然不喜欢照镜子，也没兴趣打扮，还时常给小秀添乱，但时不时也会称赞小秀真的好美。

但变得越漂亮，小秀就越为自己是个残疾而伤心。不管自己变得多美，身体另一半的小吉还是那么丑陋，身体的宽度还是常人的两倍，衣服也全都是破破烂烂的。空有一张美丽的面孔，只会徒增悲伤。即便如此，小秀还是决心把小吉的脸擦干净。但是每次小秀帮小吉洗脸、梳头，小吉就会发火。小吉真让人捉摸不透。

（中略）

骇人的恋情

我想再来写写小秀和小吉的心境。

前面也说过了,小秀和小吉共用着同一个身体,心却各自为营。一旦将身体切开,就能变成两个完全独立的个体。随着懂得的事情越来越多,我不再像过去那样认为两边都是自己,而是开始认为小秀和小吉其实是两个不同的人,只是臀部连在一起罢了。

我所写下的主要是小秀的心境,但要是写得太过直白,肯定会惹恼小吉。小吉认识的字不像小秀那么多,只认识一点,但是最近小吉越发疑神疑鬼,让我很是担心。因此,小秀会趁着小吉入睡期间,悄悄侧着身子写下这些内容。

首先要强调的是,儿时的小秀和小吉虽然会因为身体残疾,无法随心所欲地行动,而火冒三丈、相互埋怨争执,但是内心却从未感受过痛苦与悲伤。

自从清楚地知道自己是个残疾后,小秀和小吉再没有像过去那样爆发过激烈冲突,然而内心却越发痛苦起来。小秀认为残疾是污秽、可憎的,所以自己也是污秽、可憎的。而最最污秽、可憎的人,就是小吉。无论何时,小吉的脸和身体都紧紧连着小秀,这让小秀心生抗拒、厌恶无比。小吉恐怕也是一样。虽说小秀和小吉表面上不再爆发激烈冲突,但内心的争执却比过去多上了无数倍。

（中略）

大约从一年前开始，我发现两边的身体出现了明显的区别。这一点在用铁盆里的水清洗身体时变得尤为突出。小吉容貌丑陋，手脚却越发孔武有力，肤色也变得黝黑；而小秀的肤色雪白，手脚柔软，还有两颗圆润的乳房……

虽然早就从助八爷爷口中得知小吉是"男性"，小秀是"女性"，但是直到一年前，我才逐渐意识到二者的区别。《回忆录》中原本未能理解的部分，也逐渐变得清晰。

（注：类似暹罗双胞胎这种存活下来的连体双胞胎极为罕见，像本故事主人公这样的个体在医学上仍旧存在未能破解的谜题，还请各位聪明的读者自行解读）

正因为是两个连在一起的残疾，所以我一天要爬五六次梯子，比常人多上一倍。（中略）

没过多久，小秀的身体出现了变化。（中略）我大惊失色、号啕大哭，还以为自己要死了。直到助八爷爷过来帮忙解释，我都害怕得紧紧抱着小吉的脖子不放。

小吉的身体出现了更大的变化。小吉的声音越来越粗，变得就像助八爷爷一样，小吉的心境也发生了剧变。

小吉的手指虽然粗壮有力，却做不了细致的工作，也没办法像小秀那样灵活地弹奏三味线，唱起歌来空有一副大嗓门，音调却很古怪。我想这一定是因为小吉性情粗鲁，不懂得那些细致的事。哪怕小秀想到十件事，小吉也只能想到一件事。不过小吉为人直率，想到什么就会立刻去说去做。

一次，小吉突然说："小秀，你现在还想把我们分开吗？还想把这里切开吗？小吉早已打消了这个念头，还是这样连在一起更好。"说着，小吉擦了擦眼泪，羞红了脸。

不知道为什么，小秀的脸也开始发烫，一种从未有过的奇妙情愫开始在心中萌芽。

小吉不再像过去那样欺负小秀了。小秀对着玻璃化妆时、早晚洗脸时、夜晚铺被褥时，小吉都不再捣乱，而且会主动帮忙。无论做什么，小吉都会主动请缨，小秀也乐得轻松。

小秀一边弹奏三味线，一边唱歌时，小吉不再像过去那样乱叫乱闹，而是静静地看着小秀嘴巴的动作。小秀梳头的时候也是一样。除此之外，小吉还会一遍又一遍地重申："小吉喜欢小秀，真的非常喜欢。小秀肯定也喜欢小吉。"

从小到大，左边小吉的手脚曾无数次碰触过右边小秀的手脚。但即便同为碰触，小吉现在的动作似乎也与过去不一样了。小吉的动作不再粗鲁，而是轻轻地抚摸、拉拽，就像有虫子爬过一般。然而被小吉碰过的地方却会越来越热，甚至能感觉到皮肤下面血管的跳动。

有时，小秀会在夜晚惊醒，一个柔软温热的东西在身上徘徊的触感会让小秀彻底清醒。漆黑的夜色让小秀无法看清那东西是什么，只得询问小吉是否醒着。而小吉则是一动不动，也没有作声。只有睡在左侧的小吉的气息与血管的跳动会顺着连接的部分，传到小秀的身体。

一天晚上，小吉趁着小秀睡着后做了非常过分的事。从那以后，小秀开始非常厌烦小吉，甚至烦到想动手杀了他。

当时小秀正在沉睡，突然觉得喘不上气，吓得小秀以为自己要死了，一下子惊醒过来。小秀这才发现小吉的脸就在自己的脸部上方，二人的嘴唇紧贴在一起，难怪无法呼吸。但小吉和小秀的侧腰连在一起，身体根本无法重叠，要将脸叠在一起更是难上加难。小吉拼命扭转身体，将脸紧贴着小秀，全然不顾似要骨折的身体。小秀的胸部侧面被紧紧压着，腰部的肉像是要撕裂一样疼痛。小秀一边大喊着"小吉别这样"，一边拼命抓挠着小吉的脸。然而小吉并没有像往常那样争吵，而是背过脸睡了。

第二天早上，小吉的脸上伤痕累累，但是依旧没有生气，只是一整天都闷闷不乐。（中略）

（注：由于这位残疾人不懂得羞耻心，因此下文出现大量露骨描述，全部省略）

我非常羡慕普通人，向往着能够自由自在地起床、入睡、思考的生活。

至少在我读书写字、透过窗户看海的时候，我希望能与小吉的身体分开。无论何时，我都能感受到小吉那令人不适的血管跳动，闻到他身上的气息。我的一举手一投足，都在告诉自己我是个悲哀的残疾。这段时间，小吉常常两眼放光地从旁边盯着小秀。小吉吵闹的喘息和刺鼻的气味都让我非常不适。

一次，小吉泪流满面地说了这样一番话，我这才不由得对小吉产生了一丝怜悯。

小吉哭着说:"小吉那么喜欢小秀,小秀却厌恶小吉,这该怎么办,怎么办啊?小秀再怎么厌恶小吉,我们也无法分开。既然无法分开,就能时刻看到小秀漂亮的脸蛋,闻到小秀香喷喷的气味了。"

说着,小吉就像发疯一样试图抱住小秀。我拼命挣扎,但是紧密相连的身体让我无法挣脱。随后,小吉变得满头大汗,生气地大声吼叫,我这才觉得出了一口恶气。

仔细想想,其实小吉应该和小秀一样,都为自己是个残疾而伤感不已。

再来说说小吉最令我厌恶的两件事吧。这段时间,小吉每天都会……已然形成了习惯。那一幕看着就令人作呕,即便把头扭向一边,也还是能感觉到小吉那恶心的气味和粗暴的动作,让我厌恶至极。

还有就是,小吉的力量非常大,随时可以凭蛮力将自己的脸与小秀的脸贴合在一起。即使小秀想哭喊,小吉也能堵住小秀的嘴巴,让小秀无法发出声音。小吉亮闪闪的大眼睛一贴上小秀的眼睛,小秀的鼻子和嘴巴就会变得无法呼吸,痛苦万分。

就这样,小秀变得终日以泪洗面。(中略)

奇特的通信

自从开始动笔,每天只能写下一两页的我已经写了一个月之久。季节进入了夏天,我常常是大汗淋漓。

这是我有生以来第一次写下这么长的文章。由于不擅长回忆与思考,以至于过去和现在发生的事情写得一团混乱。

接下来我要写写自己居住的仓库多么像一间牢房。

书本《儿童世界》讲述了一个人明明没有做坏事,却被关进牢房的悲惨故事。我不知道牢房是什么样的,但应该与我所居住的仓库非常相像吧。

我猜测普通人家的孩子都与父母住在一起,他们可以一起吃饭、聊天、游玩。《儿童世界》里有着大量这样的插图。应该只有遥远的世界才能享受到这样的待遇吧。如果我也有父母,是不是也能像书中描述的那样,与他们一起开心生活呢?

我曾向助八爷爷问起自己的父母,他却故意闪烁其词。即使我提出想见见那位有点吓人的"阿爸",他们也不同意。

在我还没有性别的概念时,我常和小吉聊起这个话题。或许正因为我是个惹人厌的残疾,父母都不愿见我,才把我关进这样的仓库,不让外人看到我的外观。然而书上却说,眼睛看不到的残疾和不会说话的残疾都能和父母住在一起。与健全孩子相比,这些残疾孩子更让父母怜爱,所以能够获得更温柔的对待。但为什么我就要受到这种待遇呢?我向助八爷爷提出这个问题时,助八爷爷哭着说是我运气不好。他全然不肯说起外面的世界。

小秀和小吉都想走出这个仓库,然而只有小吉会拼命拍打像墙壁一样厚实的大门,直到双手通红;也只有小吉会在助八爷爷和年姨离开时,吵着闹着要一起出去。每当这时,助八爷爷都会狠狠抽打小吉的脸蛋,然后把我绑在柱子上。如果还是挣扎着想出去,就会受到一天只给一顿饭的"待遇"。

于是,我开始琢磨怎样才能瞒着助八爷爷和年姨,悄悄地溜出去。这件事我和小吉讨论过很多次。

一次,我想到可以拆除窗户上的铁棍。我挖开用来固定铁棍的白色泥土,试图拆下铁棍。小吉和小秀轮流挖了很长时间的土,就连指尖都挖出了血。却在好不容易可以拆下一根铁棍的时候,被助八爷爷发现了,于是被罚一整天没饭吃。

(中略)

一想到不管我怎么努力,都无法离开这个仓库时,我就特别难过。在接下来的一段时间里,我只能每天伸长脖子,注视着窗外的景色。

大海一如既往地泛着波光粼粼。原野上什么也没有,只有清风吹拂着绿草。低沉的海浪声似乎也奏响了悲伤的旋律。想到另一个世界在大海的另一边,我就想像鸟儿一样飞去看看。然而即便是到了另一个世界,我这样的残疾又会遇到怎样的待遇呢?想到这里,我不禁有些害怕。

大海的另一边隐约可以看到翠绿的山峦。助八爷爷说那叫海角，看上去就像一头沉睡的牛。我只在插图上看到过牛，没想到牛在睡觉时竟是这种姿态。在我心中，那海角仿佛就是世界的尽头。盯着遥远的彼岸看上一会儿，泪水在不知不觉间模糊了我的视线。

（中略）

我无父无母，被关在牢房一样的仓库里，有生以来从未见过外面广阔的天空，这些"不幸"足以让我悲伤难过得想结束生命了。再加上近来小吉常常做一些让我非常不舒服的举动，我不止一次萌生出想将他掐死的念头。但如果小吉死去，小秀肯定也会死掉吧。

再来说说有一次，我真的掐住了小吉的脖子，险些将他掐死的事情吧。

那天晚上，小吉拼命扭动着身子，简直就像一只被一分为二的蜈蚣。他扭动得实在太过激烈，以至于我一度怀疑他是不是生了病。小吉一边诉说着对小秀的爱意，一边疯狂地扭动着身子。他一次又一次抚摸着小秀的脖子和胸部，还把腿脚搭了上来，把脸也凑了过来。然后……（中略）我不禁毛骨悚然，觉得他无比肮脏。此时我对小吉的恨意几乎已经达到了顶点。我用双手紧紧掐住小吉的脖子，一心只想着杀了他，全然不顾满脸的泪水。

小吉痛苦万分，挣扎得越发激烈了。我一把推开被褥，从榻榻米的一端滚到另一端。四只手脚交缠在一起，在空中不住地挥舞。我一边大声哭泣，一边继续翻滚着。直到助八爷爷出现控制住我，我都没有停止挣扎。

那天以后，小吉总算收敛了一些。

（中略）

我真的好想死。真的好想好想死。神啊，救救我吧。神啊，求你杀了我吧。

（中略）

今天，我被窗外的响动吸引，探头一看，只见一个人正站在窗子正下方的围栏外面抬头看着什么。那是一个身形高大的胖男人。他身上的衣服与《儿童世界》插画中的奇妙服装非常相像，我不禁怀疑他是否来自遥远的世界。

我大声询问"你是谁"，那人却什么也不说，只是静静地看着我。他的面相看上去有几分温和。我很想和他多聊一会儿，小吉却一脸严肃地上前阻止。由于担心小吉会大声喊来助八爷爷，我只能笑盈盈地望着那个人。见我露出笑容，那人也看着我笑了。

那人离开后，巨大的悲伤瞬间将我吞噬。我祈求神明，请让他再一次来到这里吧。

我想到了一个好主意。书上说了，在遥远的世界，人们会互通书信。那么如果那个人再一次到来，我可以写字拿给他看。不过写信实在太耗费时间，不如直接将这个记事本扔给他。那个人想必识字。若是他能捡起这个记事本，并了解到我的不幸，说不定就能像神明一样将我救赎。

我祈求上天，让他再一次出现吧。

记事本上的文章就写到这里。

为了便于读者阅读，我将原文中错误的注音、白字，以及不知出处的乡下方言全都改成了普通话，或许会有损原文那苍白诡异的叙述风格。各位读者可以自行想象一下这个记事本通篇都是歪歪扭扭的铅笔字，还充斥着大量白字和注音，文字描述更是混乱不堪，俨然就是来自另一个世界的信件。

看完记事本后，我们（诸户道雄和我）无声地对视了好一会儿。

我确实听说过暹罗双胞胎这种奇异的双生子。这对暹罗双胞胎名叫因和曾，他们是一对剑突软骨连在一起的畸形双生子。这种畸形儿大多会在刚出生或出生后不久死亡，而因和曾却带着这副奇异的身体结构活到了六十三岁。令人震惊的是，他们还分别与不同的女性结婚，并生下了二十二个健全的孩子。

但这样的案例在全球实属罕见，没想到我们国家竟然也有这种恐怖的双头生物，而且一边是男性，一边是女性，男性对女性有着深深的执着与爱慕，而女性对男性百般厌恶。不要说是在现实生活中了，哪怕是在噩梦里，我也从未见过如此千奇百怪的人间炼狱。

"小秀是个聪明的姑娘。虽说其中有白字和写错的注音，但哪怕是看得滚瓜烂熟，要通过仅仅三本书中获取的知识写下这么长的感想，已然很厉害了。她甚至还很诗情画意。但这些内容会是真实的吗？会不会是一个过分的玩笑？"

我忍不住开口询问诸户这个医学专家的意见。

"恶作剧？不，恐怕不是。深山木先生如此小心翼翼地保存这个本子，肯定有他的用意。我有个想法，文章结尾处提到的这个来到窗下的胖男人似乎穿着西装，你说他会不会就是深山木先生呢？"

"嗯，我也正好想到了这一点。"

"若真是这样，深山木先生被杀前就是去了关着这对双胞胎的仓库所在地。而且深山木先生不止一次出现在仓库的窗下。毕竟要是他没有第二次现身，那双胞胎就不会把这个记事本从窗户扔给他了。"

"我突然想起深山木旅行归来时，曾说自己看到了某个可怕的东西，想必就是这对双胞胎了。"

"啊，他还说过这样的话？那可能性就更大了。深山木先生掌握着我们所不知道的情况，不然他根本找不到这个地方，也没有办法亲自前往。"

"话说回来，他既然已经找到了这对可怜人，为什么不把他们救出来呢？"

"那我就不知道了。或许是对方的力量太强大，让他无法硬碰硬吧？所以他才打算暂时折回，等做好万全的准备再回去。"

"你是说关押这对双胞胎的人吧……"说着，我突然意识到一个问题，不由得大惊失色道，"啊，怎么会有这么巧的事！那个死去的少年杂技演员友之助曾提到自己被'阿爸'责骂，这个记事本中也提到了'阿爸'一词。而且两边提到的都不像是什么好人，难道这个'阿爸'就是幕后黑手？这么说来，这对双胞胎也与这次的杀人案件有关？"

"是的，你也发现了啊，但问题不止如此。你仔细看看，这个记事本中提到了许多事情，实在是太可怕了。"说着，诸户露出了惊恐万分的神情。

"如果我的猜测没错，与整件事背后的邪恶相比，初代小姐的命案根本微不足道。你似乎还没有反应过来，这对双胞胎的身上隐藏着世上无人能及的恐怖秘密。"

我虽然不清楚诸户究竟在想什么，但是接连出现的奇怪事件依旧让我感受到了一种难以言喻的诡谲。另一边，诸户正一脸铁青地陷入沉思。他的内心深处仿佛正一遍又一遍地推敲着什么。我也把玩着记事本思考了起来。就在此时，脑海中浮现的联想突然让我醒悟过来。

"诸户，不对劲啊，我又想到了一个奇妙的巧合。是这样的……我不知道有没有和你说起过，初代曾和我提起自己被遗弃之前，两三岁时那段如梦似幻的回忆。在荒凉的海边，有座古老城堡般的宅子。初代在断崖的海边，与一个刚出生不久的孩子一起游玩。她一直把这光景当成是在做梦。我按照自己的幻想画下了她描述的光景，她在看过之后表示非常相像。我也一直小心保存着这幅画，后来又把画拿给了深山木，但是忘记要回来了。不过我还记得那光景，随时可以画给你看。根据初代的描述，大海遥远的彼岸隐约可以看到卧牛形状的陆地，这个记事本中也提到透过仓库窗户可以看到大海，以及大海对面有着卧牛形状的海角，这就是我所说的奇妙的巧合。卧牛形状的海角随处可见，或许真的只是巧合，但无论是对荒凉的海岸还是对大海的形容，都与初代的描述一模一样。隐藏着暗号的族谱一直在初代手中，试图盗取族谱的盗贼似乎与这对双胞胎有着某种联系，再加上初代和双胞胎都曾看到卧牛外形的陆地……难免不让人怀疑他们所说的是同一个地点啊。"

我话还没说到一半，诸户就流露出了异常恐惧的神情，仿佛活见鬼一样。听我说完后，诸户立刻催促我现场画出那片海景。我拿出铅笔和笔记本，粗略画出了当时幻想的光景。

画完后，诸户一把抢走了本子，盯着看了好一会儿，才晃晃悠悠地站起身，一边收拾东西，一边开口道："我现在脑子乱成一团，根本无法思考。我先回去了，明天来我家吧，我有些不敢在这里把话告诉你。"话音未落，他不打招呼就踉踉跄跄地爬下梯子，仿佛全然忘记了我的存在。

北川刑警与一寸法师

被独自留下的我呆坐了好一会儿，全然无法理解诸户的异样举动。不过既然他说让我明天去找他，到时再坦言一切，我也只得暂时回家，等待明天的到来。

不过，要我独自把藏在将军像里面的两样贵重物品带回家，肯定会非常危险。毕竟在来神田出租屋的路上，我都要小心翼翼地用旧报纸把乃木将军像包裹起来。虽说我觉得有些难以想象，但诸户和死去的深山木都说，幕后黑手是为了拿到这些东西才杀人灭口。然而现在诸户却丝毫没有提及该如何处理这些东西，就落荒而逃了，背后肯定有着非常重要的理由吧。一番思来想去之后，我推测幕后黑手应该还没有查到这家餐厅二楼，便将两本册子塞进了横梁上悬挂的古老匾额裱背的破洞里，这样乍看之下根本看不出来，随后就若无其事地回了家（后来我才知道，这个我随手找到、甚至让我有些洋洋得意的藏匿地点其实并不安全）。

接下来，直到第二天中午我去拜访诸户，我们都没有遇上什么特殊事件。在此期间，我想换一种叙事方法，讲讲北川刑警艰难的办案经过。不过这些并非我亲眼所见，而是在很久之后听他本人提起的。北川刑警所遭遇的事件正好发生在这段时间。

北川是负责处理前段时间友之助遇害一案的池袋署刑警，他的思维方式与其他警官不太一样。在这个案件上，他欣然接受了诸户的意见，与署长据理力争，甚至在其他警官选择放弃后，依旧坚持追踪尾崎马戏团（就是曾在莺谷表演的友之助所在马戏团），进行着艰难的侦查工作。

此时的尾崎马戏团已经像逃一样地离开了莺谷，转而来到遥远的静冈县内一座小镇表演，而北川刑警几乎与马戏团同时到达了这座小镇，还扮成一位衣衫褴褛的工人，在马戏团里搜查了一周。尽管马戏团已经来此一周，但搬东西和搭帐篷就花掉了四五天的时间，直到两三天前才开始揽客。北川也以临时雇佣工人的身份参与了搭帐篷的工作，还积极接触马戏团成员，意图从中打探到他们的秘密。然而奇怪的是，他什么线索也没能找到。

"友之助在七月五日的时候有没有去过镰仓""当时是谁带他去的""友之助身后有没有一位驼背的八旬老翁"……北川装作若无其事地向成员们逐一提出了上述问题,但每个人都回答不知道,而且他们看上去并不像说谎。

马戏团里有个扮演小丑的侏儒。他是个令人难以捉摸的残疾,也是这类人群中常见的低能儿。明明已经年过三十,身高看上去却像是个七八岁的孩童,容貌倒是一副饱经风霜的样子。最初,北川完全没把这个人放在眼里,不仅没有主动和他攀谈,甚至根本不向他提问。但随着调查的深入,北川发现这个男人虽然智商低,却疑心病重、善于嫉妒,时不时还会做一些常人无法匹敌的恶作剧。北川猜测,或许此人只是为了自保,才故意扮作低能,或许真能从他口中问出什么惊人的线索。于是,北川开始积极笼络此人,并在自己认为时机成熟的时候,问出了如下问题。接下来我要记录的便是当时的一番诡异问话。

那是一个满天星斗的晴朗之夜,结束了一天的表演并收拾完东西后,侏儒见没人理会自己,便独自来到帐篷外面乘凉。没有错过这个机会的北川赶忙走上前去,在黑压压的室外与侏儒有一搭没一搭地攀谈起来。聊着聊着,二人的话题就转到了深山木遇害当天的事情。北川谎称当天自己在莺谷观看了马戏团的表演,还信口捏造了一些感言,随后终于切入了主题:"那天我看了友之助的足艺表演——就是那个死在池袋的孩子,我看到他钻进瓮中,被人用脚蹬转。那孩子真是太可惜了。"

"嗯,你说友之助啊。那可怜的孩子还是被人杀害了,真是可怕哟……不过小哥啊，你说那天看到了友之助的足艺表演，应该是你记错啦。你别看我傻，但我的记性很好。那天友之助根本不在帐篷里。"侏儒操着一口不知是哪里的方言，非常笃定地说道。

"我可以和你赌一把，我绝对看到了。"

"不对不对，小哥你记错日子啦。七月五日那天出了点事，所以我记得很清楚。"

"我怎么可能记错，不就是七月的第一个星期日吗？肯定是你记错了吧。"

"不对不对。"

黑暗之中，这位一寸法师般的侏儒似乎露出了戏谑的神情。

"那友之助是不是生病了啊？"

"那个小鬼头怎么可能生病啊，是团长的朋友带走了他。"

"你说的团长是不是阿爸？没错吧？"北川记起友之助曾提起所谓的"阿爸"，赶忙开口试探道。

"咦，什么？""一寸法师"突然露出了惊恐的神色，"你怎么认识阿爸？"

"我可不认识，只知道是位驼背的八旬老翁，那应该就是你们的团长吧。"

"不是不是，团长的年龄才没有那么大，也没有驼背。你还没见过他。团长很少来到帐篷里，他是个三十多岁的年轻人，就是严重驼背。"

听闻团长严重驼背，北川猜测这可能就是他看上去像是年迈老者的原因。

"他不是阿爸?"

"不是不是。阿爸住在很远的地方,才不会跑到这里来。团长和阿爸根本不是一个人。"

"原来不是一个人啊……那阿爸究竟是什么人?他和你们又有什么关系呢?"

"我也不清楚,阿爸不就是阿爸咯。他和团长的长相相似,而且都是驼背,或许是父子俩吧。你还是别问了,我们不可以提起阿爸。要是被阿爸知道了,你或许能逃过一劫,我可就惨了,肯定又会被塞进箱子里。"

北川本以为面前这位"一寸法师"口中的箱子指的是一种现代刑具,但是很久之后他才得知,那东西远比刑具可怕得多。无论如何,见对方如此健谈,话题又逐渐深入核心,北川开心不已,继续兴奋地问道:"那到底是怎么回事?七月五日带走友之助的不是阿爸,而是团长的朋友?你知道他被带去哪里了吗?"

"阿友和我关系很好,所以他偷偷告诉了我一个人。他说被带去了美丽的海滩,在那里玩沙子、游泳。"

"是不是镰仓?"

"对对,就是镰仓。团长非常疼爱阿友,经常给他安排好差事。"

问到这里,北川意识到诸户那异想天开的推理(友之助是杀害初代和深山木的真凶)居然全都说中了。但此时不宜轻易出手。虽说可以抓住团长,逼他说出实情,但这样做或许会放跑幕后真凶。在此之前，必须先把藏在背后的"阿爸"给揪出来，因为他或许就是幕后真凶。而且这个案件或许并不是单纯的凶案，而是更加复杂、可怕的犯罪。作为一个野心十足的刑警，北川打算在亲手查出真相之前，先不向署长汇报。

"你刚刚说被塞进箱子里，箱子究竟是什么啊？有那么吓人吗？"

"太可怕了，那是你们都不知道的地狱啊。你见过人被塞进箱子里吗？一旦进去，手脚都会麻痹得动弹不得。像我这样的残疾，全都可以被塞进箱子。哈哈……"

"一寸法师"说了一番莫名其妙的话后，阴森森地笑了起来。他虽然智商不高，但似乎还留有一丝理智。不管北川再怎么追问，他也只是打哈哈，不肯继续细说。

"你就那么害怕阿爸？你可真是没用啊。你说的阿爸究竟在哪里？难道是在很远的地方？"

"就是在很远的地方。我已经忘了具体名字，只知道是在大海另一边的遥远地方。那里是地狱，是恶鬼之岛，我一想起来就浑身发抖，可怕哟……"

随后，不管北川再说什么，都没有新的进展。不过看到自己的推测得到证实，北川很是满意。接下来的几天里，北川继续耐着性子接近"一寸法师"，准备在博取对方信任后套出更多线索。

随着交流的深入，北川逐渐理解了这位"阿爸"所代表的难以名状的可怕，也明白了"一寸法师"和友之助为什么如此心惊胆战。"一寸法师"的描述含含糊糊，让人难以捉摸，北川却从他的话语中感受到一种超脱人类的诡异兽性，甚至开始怀疑或许这就是传说中的恶鬼。"一寸法师"的描述和表情全都隐隐流露出这样的感觉。

此外，北川也多少察觉到"箱子"究竟指的是什么。当他想象出"箱子"的外形时，自己都被这个念头吓得浑身发抖。

"我自从出生，就被关进了箱子。人在箱子里根本无法动弹，只能从箱子里探出脑袋，让别人帮忙喂饭吃。我就是在箱子里被人装上船，拉到了大阪。到了大阪，我终于被放了出来。那是我有生以来第一次离开箱子，整个人都吓得缩成了一团。"

说着，"一寸法师"就像刚出生的婴儿一样，将本就短小的手脚蜷缩了起来。

"但这话可不能告诉别人，我也只对你一个人提起过。你要是不帮忙保密，肯定会遭殃的，甚至会被塞进箱子里。要是真的被塞进箱子里，你可别怪我。"

"一寸法师"战战兢兢地补充道。十几天后，北川刑警在没有上级帮助的基础上，通过神不知鬼不觉的隐蔽方式打探到了所谓"阿爸"的真实身份，并揪出了隐藏在那座岛上的一连串可怕犯罪。随着故事的不断发展，各位读者自然能够知晓其间发生的事情。在警察之中，也有着像北川这样坚持调查马戏团的有志之士。好了，北川刑警的调查经历暂告一段落，接下来继续说说诸户与我的行动吧。

诸户道雄的告白

在神田餐厅二楼看完那本诡异日记的第二天,我按照约定来到了诸户位于池袋的家中。学徒工直接将我带到客厅,显然诸户也一直在等待着我的到来。

见我到来,诸户忙不迭地打开了室内的门窗,表示这样就不会有人站在窗后偷听了。随后,他一脸铁青地坐下,语调低沉地讲起了自己的离奇身世。

"我从未向他人提起过自己的身世。说实话,就连我自己都弄不清楚。我只想告诉你为什么连我都不清楚自己的身世,也想请你帮忙共同破解一个可怕的谜团,那就是寻找杀害初代小姐与深山木先生的凶手。

"一直以来,我的种种举动肯定让你非常疑惑吧?比如为什么我会如此热衷于这次的案件?为什么我会以竞争对手的身份向初代小姐求婚?(我确实出于对你的爱慕而试图阻挠你们的感情,但我这样做的理由不止如此,还有更深一层的缘故)为什么我厌恶女性,执着于男性?为什么我会钻研医学,现在又在这间研究室里进行着怎样的诡异研究?只要知道了我的身世,这些问题便会迎刃而解。

"我不知道自己出生在哪里、父母何在。我只知道有人抚养我长大,为我提供学费,但我不清楚这个人究竟是我的父亲或母亲,还是其他什么人。在我看来,这个人并没有像父母爱护孩子一样对我。自我记事以来,我便住在纪州的一座离岛。我所在的村庄非常小,村里只有二三十户零零散散的渔民。我家虽然像城堡一样大,却破旧不堪。家里住着自称是我父母的人,但他们明显不是我真正的双亲。他们与我长得一点也不像,而且两个人都是丑陋又驼背的残疾人。他们从来没有爱过我。由于我家很大,所以平日里我几乎见不到父亲,只知道他是个严格的人,不管我做什么,他都会百般苛责,甚至出手打骂。

"那座岛上没有小学。按照规定,孩子们需要前往大约四公里外的对岸村镇学校上学,但是根本没人去,所以我也没有上过小学。不过家里有位和善的老爷爷,他教会了我读书写字。恶劣的家庭环境让我爱上了学习。自从开始习字后,我就翻遍了家中的藏书。每次去镇上时,我都会从那里的书店买回各种书籍翻阅学习。

"十三岁那年,我鼓足勇气向严厉的父亲提出了上学的请求。父亲知道我好学,而且头脑还算灵光,所以在听到我的请求后,他并没有直接呵斥,而是表示可以考虑。一个月后,他终于允许我去上学了,但同时也提出了异常无比的条件。首先,既然要上学,就要努力考上东京的大学。为此,他让我借住在东京的朋友家中,准备考取当地中学。只要顺利入学,就要一直住宿舍或租房居住。对我而言,这完全是个求之不得的条件。当时父亲联系了他在东京的朋友松山,对方也回信表示愿意让我借住。第二个条件是在考上大学之前不允许返乡。这个条件听起来有些怪异，但毕竟我对这个冷冰冰的家庭和残疾双亲没有丝毫留恋，所以并没有多么伤心。第三个条件是必须进修医学，等我上大学的时候再具体提出学习哪方面的医学。如果到时我不听从安排，就立刻停止资助学费。起初，我并没有把这个条件当回事。

"随着年龄增长，我逐渐意识到第二和第三个条件背后隐藏着可怕的含义。第二个条件，在上大学之前不允许返乡——这意味着我的家中隐藏着什么秘密，禁止我返乡是为了避免长大后的我有所察觉。我家就像一座荒废的古堡，里面有大量不见天日的阴森房间，仿佛曾经发生过什么见不得人的恐怖故事。不仅如此，还有好几个房间常年上锁，我根本不知道里面究竟有什么。院子里有一个硕大的仓库，同样常年封闭。当时我年龄虽小，却能够感觉到这座房屋中隐藏着什么可怕的秘密。再说说我的家人吧。除了那位和善的老爷爷外，其他人全都是残疾，实在诡异极了。除了驼背的父母，家里还住着四五个不知是仆人还是门客的男女，他们或是盲人、哑巴，或是只有两根手指、脚趾的低能儿，或是像水母一样无法直立的软骨症患者。联想起刚刚提到的常年封闭的房间，顿时让我产生一种难以名状的恐惧与不适。相信你可以理解，为什么我会因为无法回到父母身边而欣喜。为了不让我察觉到他们的秘密，父母也在疏远我。毕竟儿时的我性格敏感，完全融不进那个家庭，所以父母才担心我会惹出什么麻烦。

"不过最可怕的还是第三个条件。我顺利考入大学的医学系后，曾经收留我的松山找到我租住的地方，说是故乡的父亲有话要带给我。这个男人将我带去餐厅，对我说教了一整晚。他拿着父亲写来的长信，向我转述信中的内容。简单来说，就是父亲不希望我为了赚钱而成为普通医生，也不希望我成为学者扬名立万，而是希望我能为了推动外科医学的进步而从事重要的研究工作。当时欧洲大战才刚刚结束，外科医学方面频频传出惊人的报告。例如重伤员通过皮肤和骨骼移植手术，恢复成了健全人；患者被切开头盖骨进行脑髓手术，并成功替换了部分脑髓等。父亲要求我也从事这类研究。作为不幸的残疾人，父母深感外科医学的必要性，他们站在外行的角度，片面地认为缺少手脚的残疾人只要移植上真正的手脚，就能抛弃假肢，成为真正的健全人。

"这个提议并非坏事，而且一旦拒绝就会被中断提供学费，所以我没有多想，一口同意了父亲的要求。就这样，我开始了惨无人道的医学研究。修完基础学科后，我开始进行动物实验。老鼠、兔子、狗等动物都被我残忍杀害。我用锋利的手术刀毫不留情地切开了发出惨叫与挣扎的动物。我的研究主要归类于活体解剖学，也就是要活生生地解剖动物。就这样，我成功打造了大量残疾动物。一个叫亨特的学者曾把鸡后爪移植到公牛头上，知名的阿尔及利亚'犀牛鼠'更是成功把老鼠的尾巴移植到了老鼠嘴上，我也做了许多类似的实验。我曾经切断青蛙腿，将其他青蛙的腿部移植上去，或是制造双头豚鼠。为了替换脑髓，我更是杀了数不清的兔子。

"这些研究实验乍看之下都是在为人类做贡献，但是换个角度想想，同时也是在制造骇人听闻的残疾动物。最可怕的是，这种制造残疾的过程竟对我产生了一种奇妙的吸引力。每成功完成一次动物实验，我都会兴奋地向父亲汇报，父亲也会写来长信鼓励我，庆贺我成功。大学毕业后，父亲通过刚刚提到的松山，为我打造了这间研究室，每月都会向我提供大量的研究经费。但与此同时，父亲一次也没有来看过我。毕业后，父亲仍旧坚守当初提出的条件，不允许我返乡，自己也不肯来东京。他这种看似为我着想的举动并没有让我感受到丝毫父母对子女的爱。不仅如此，我甚至幻想父亲肯定是在做什么穷凶极恶的事情，所以才不敢让我看到。这个想法令我不寒而栗。

"还有另一个理由让我无法将他们视作父母。自称是我母亲的女性——那个丑陋至极的驼子完全没有把我当作儿子，而是把我当成一个男性去爱慕。这一点不仅令我感到羞耻，更令我愤怒恶心。自从我长到十岁，我就无时无刻不在经受母亲带来的摧残。她总会顶着一张恶鬼般的庞大脸孔扑到我身上，舔舐着我的每一寸肌肤。时至今日，当我回忆起她嘴唇的触感，都还是会觉得胆战心惊。儿时，每当我因为不舒服的瘙痒感而醒来，都会发现母亲不知不觉地爬到了我的床上。她会一边安抚我'乖乖听话'，一边提出各种羞于启齿的要求。她让我见到了世间各种丑陋的事物。这种难以忍耐的折磨持续了三年之久。说实话，我想摆脱那个家庭一半以上的理由都是因为她。我已经看透了女性是多么肮脏。我憎恨母亲，更愤恨地认为所有女性都污秽无比。你所知道的我那异于常人的爱情，应该就是来源于此。

"还有一件事或许会令你震惊，其实我是根据父母的要求才向初代小姐求婚的。早在你与初代小姐相爱之前，我就已经接到了与木崎初代结婚的命令。父亲的信件和如同父亲小厮般的松山常常会来提醒我。缘分真是不可思议，竟会促成这样的巧合。但你也知道，我非常憎恨女性，完全没有结婚的意愿，哪怕父亲威胁要与我断绝父子关系，甚至停止提供研究经费，我依旧敷衍了事，拒绝提出求婚。但是没过多久，我察觉到你与初代小姐的关系后，立刻转变了心意，决定遵从父亲的命令，从旁阻挠你们的关系。我来到松山家，表述了自己的决定，并请他帮忙促成这段婚姻，随后的事情你就都知道了。

"听我讲完这些，你或许已经得出了什么可怕的结论。仅凭现在我们手上的线索，确实可以隐约拼凑出一个答案。但是昨天看完那对双胞胎的日记，并听你讲述初代小姐幼年时看过的风景后，我这才意识到自己的推论是多么浅显幼稚。这实在是……啊，太可怕了。你可知昨天你绘制的荒凉海景让我多么震惊。那座城堡一样的海边民宅，正是我居住了十三年之久的家。

"怎么可能有这样的巧合或误会，三个人竟同时看到了近乎一致的景色。初代小姐看到了卧牛形状的海角、城堡一样的荒宅、墙面脱落的硕大仓库；双胞胎也看到了牛形海角，他们住在硕大的仓库里。这二者都与我从小居住的宅子完全一致。另一方面，我们三个也有着千丝万缕的奇妙关联。父亲要求我与初代小姐结婚，说明他肯定认识初代小姐。侦查杀害初代小姐真凶的深山木先生找到了双胞胎的日记，说明初代小姐的案件与双胞胎之间有着直接或间接的联系。而且很明显，这对双胞胎就住在我父亲的家中。也就是说，我们三人（其中一人是双胞胎，准确来说应该是四人）都是被一只看不见的恶魔之手所操纵的悲剧木偶。我甚至可以大胆推测，操纵着我们的恶魔正是这个自称我父亲的人。"

说完，诸户一脸惊恐地四下张望，仿佛是个刚听完鬼故事的孩子。我虽然还没能完全理解他所说的结论有多么可怕，但是可以感受到他那诡异无比的身世与他说话时的异样神情全都流露出了阵阵瘆人气息。明明是盛夏的晴朗午后，我却只觉得有一股寒气袭来，浑身上下都起满了鸡皮疙瘩。

恶魔的真面目

诸户的话还没有讲完，闷热的天气和异常亢奋的情绪早已让我大汗淋漓。

"你可以想象我现在的心情有多么复杂吗？我的父亲或许是杀人犯，而且还是不止杀了一个人的杀人狂魔。哈哈哈哈哈，世上还有比这更离奇的事吗？！"

诸户如同疯了似的大声狂笑。

"不好说，或许这一切不过是你的想象罢了。"

我并不是在安慰诸户，而是难以相信他所说的一切。

"确实是我的想象，但除此之外我想不出其他任何推论。为什么父亲要强迫我与初代小姐结婚？因为一旦结婚，她的东西就顺理成章地成为我的。也就是说，那本族谱将属于他的儿子。不仅如此，我还可以得出进一步的推论。父亲已经不仅仅满足于得到族谱封面内侧隐藏的暗号。如果那段暗号真的预示着宝藏所在地，那么找到宝藏后，就必须将宝藏分给真正的主人——初代小姐。当然了，前提是初代小姐还活着。要是我与初代小姐结婚，就不必有这方面的担心了，因为宝藏和宝藏所有权都会属于父亲的家。相信我的父亲就是这样考虑的吧。除此之外，根本没有其他理由可以解释他为何如此热衷于促成我与初代小姐结婚。"

"但他是怎么知道暗号在初代手里的？"

"这一点还不清楚。但是既然初代小姐记得那片海岸的风景，她与我家很可能有着某种关联。说不定我父亲认识小时候的初代小姐。初代小姐在三岁的时候被遗弃在大阪，估计我父亲也是近期才打探到她的行踪。如此一来，就能解释为什么父亲知道暗号在初代小姐手上了。

"你听我继续把话说完。在那之后，我尝试了各种各样的求婚方式，即便我说动了她的母亲，也依旧没有打动初代小姐本人，毕竟她的身心早已扑在了你身上。我才刚意识到这一点没多久，初代小姐就惨遭毒手，同时手提袋也被偷了。为什么会这样？难道是手提袋里装了什么重要的东西？真的有人会为了偷走一个月的薪水而采取那么麻烦的方法犯下杀人重罪吗？显然，真凶的目标就是那本族谱，他要得到其中隐藏的暗号。而之所以要杀害初代小姐，也是为了除掉求婚失败后，可能出现的祸根。这就是一场精心谋划的犯罪。"

听到这里，诸户的推论已经彻底说服了我。我哑口无言，全然不知该如何为这穷凶极恶的父亲而安慰他。

与此同时，诸户就像高烧患者一样，继续滔滔不绝地说着：

"深山木先生的遇害同样是罪孽的延续。深山木先生拥有惊人的侦探才华。这位名侦探刚拿到族谱没多久，就直接追踪到了纪州角落的一座孤岛。凶手已经无法对他坐视不管。为了阻挠他的侦察，也为了夺取族谱，深山木先生都必须死。凶手（不错，正是我的父亲）肯定就是这样考虑的。于是，他便趁着深山木先生暂时返回镰仓之际，采用与杀害初代小姐同样精妙的手段，在光天化日、众目睽睽之下，犯下了第二起罪行。为什么不趁着深山木先生在岛上的时候动手？这或许是因为父亲现在就在东京。蓑浦，我的父亲很有可能在我完全不知道的情况下，潜藏在东京的某个角落。"

说着，诸户快步走到窗边，盯着外面的灌木环视了一圈，仿佛察觉到了什么动静，让他怀疑自己的父亲就蹲在面前的灌木丛背后偷听。然而，这个阴沉沉的盛夏庭院里没有丝毫动静，就连树叶晃动的声音和本该不绝于耳的蝉鸣都彻底绝迹。

"为什么我会这么考虑……"诸户一边说，一边走到自己的座椅前，"你看，就在友之助遇害当晚，你说在来这里的路上撞见一个驼背的诡异老翁，还说那个老翁走进了我家门内。说不定正是这个老翁杀死了友之助。我的父亲年事已高，腰或许早已直不起来了。就算不是这样，他的驼背非常严重，走路的时候或许就像是一位八旬老翁。如果这个老人真的是我父亲，那自从他在初代小姐家门口徘徊时起,他应该一直居住在东京。"

诸户求救般地盯着我看了好一会儿,突然陷入了沉默。我实在有太多话想说,又不知该从何说起,只得同样闭口不言。就这样,漫长的沉默向我们袭来。

"我已经想好了。"过了好一会儿,诸户终于声音低沉地开了口。

"昨晚我琢磨了一整夜,还是决定回去看看十几年未见的故土。我的故乡位于一个荒无人烟的小岛,俗称'岩屋岛'。从和歌山县南端的K码头向西行约二十公里才能抵达。这就是初代小姐曾经居住的地方,也是那对诡异的双胞胎现在被囚禁的孤岛(传说这里曾经是八幡船海盗的据点,因此我才会怀疑暗号指的是宝藏的藏匿地点)。我父母的家也在这座岛上。说实话,这是我这辈子都不愿再回去的地方。一想到那座如同废墟般的阴森老宅,我就会产生一种难以言喻的恐惧与不安。但是现在,我认为自己有必要回去一趟。"

诸户神色凝重地说道。

"在我看来,这是现在唯一的办法。脑海中不断盘旋的可怕念头让我如坐针毡。我要等待父亲返回岛上……不,或许他已经回去了,总之我要与他当面对质。虽然不愿这么想,但如果我的推测没有错,父亲真是一个穷凶极恶的杀人犯……啊,我该如何是好?我将成为一个杀人犯的儿子,被杀人犯抚养长大,用着他杀害他人赚得的金钱学习,住在杀人犯建造的房子里。对了,如果父亲真是凶手,那我一定会劝他自首。无论如何,我都要战胜他。如果他不同意,哪怕是一命换一命,我也要彻底断绝恶魔的血脉。我要和佝偻的父亲同归于尽。

"不过在此之前,我还有事要做,那就是寻找族谱真正的主人。这本族谱已经要了三个人的命,其中肯定隐藏着莫大的价值。我有义务将它交给初代小姐的血亲。我要找出初代小姐真正的血亲,帮助他们过上幸福的生活,这样才算是为父亲赎罪。只要返回岩屋岛,应该就能找到一些线索。不管怎么说,我已经决定明天离开东京了。蓑浦,你怎么看?或许现在的我有些激动过头,可不可以请你用局外人的冷静头脑帮忙稍加判断?"

此时此刻,我这个诸户口中的"冷静局外人"早已尽失冷静,生性敏感的我早已变得比诸户还要激动。

听着诸户这段异常的告白,我一边对他心生同情,一边回想起暂时因为其他琐事而遗忘的恋人惨死的场面,不由得怒火中烧,恨不得手刃身份逐渐明了的真凶,以报独一无二的眷侣被夺之仇。

犹记得初代拾骨那日,我躺在火葬场旁边的原野上吞下了初代的骨灰,发誓要为她复仇。若真如诸户推测的那样,他的父亲便是幕后真凶,那我一定会让他尝尽我所承受过的一切痛苦,再将他挫骨扬灰,以解我心头之恨。

其实仔细想想,诸户有一个杀人犯父亲固然不幸,但我的立场也实属诡异,毕竟朋友的父亲是杀死自己恋人的凶手,而且这个朋友还对我有着超乎寻常友谊的爱慕。

"求你带我一起去吧。哪怕被公司解雇也无所谓。我一定会设法筹集旅费,求求你带我同去吧!"

我不假思索地大声喊道。

"看来你也赞同我的想法,但你为什么要走这一趟呢?"

此时的诸户早已无暇顾及我的心情。

"我的理由和你一样,都是为了找出杀害初代的真凶,同时也是为了找出初代的亲人,将族谱还回去。"

"如果杀害初代小姐的凶手真的是我父亲,你又要怎么做呢?"

这个问题令我心头一惊,但我着实不愿对诸户说谎,只得实话实说。

"若真是这样,我只能与你分道扬镳,随后……"

"随后再用老套的手法去报仇雪恨?"

"我还没有想好,但现在我只想把凶手挫骨扬灰!"

听到我这样说,诸户有些害怕地盯着我沉默了好一会儿,突然放松了表情,痛痛快快地说道:"好,我们一起去吧。如果我的推测没错,那我就是你仇人的孩子。哪怕没有这层关系,我也不愿让你看到不成人形的双亲。毕竟我对父母没有丝毫的亲情,甚至憎恶不已。如果你愿意,我可以在必要时刻站在你这边。为了你和你深爱的初代小姐,别说是亲人,哪怕是要我的命也在所不辞。蓑浦,就让我们同去吧,一同齐心协力找出岛上隐藏的秘密吧。"

说着,诸户对我眨眨眼睛,随后小心翼翼地握住了我的手。他就像古人立下誓言时那样微微用力握着我的手,又像孩子一样红了眼眶。

就这样，我们决定动身前往诸户的故乡——那座位于纪州角落的孤岛。不过在此之前，还有一件事必须交代。

此时的诸户并没有说出对父亲的憎恨。事后想想，这其中隐藏着更深一层的含义。这件事可怕得胜过一切犯罪，这种非人的罪行根本不该存在于世，只有地狱中的恶鬼才能做得出来。诸户根本没有勇气提及这一点。

然而此时我脆弱的心灵早已被三起凶案折磨得疲惫不堪，实在没有余力去推断其他罪恶行径，以至于就连这种根据已有线索明显应该推测出来的问题，都丝毫没有察觉。

岩屋岛

商量暂时告一段落后，我们开始担心藏在神田餐厅二楼匾额里的族谱和双胞胎日记。

"无论是日记还是族谱，留在我们手上都非常危险。只要我们记下暗号，其他东西都不重要，干脆将它们一把火烧了算了。"

诸户在开往神田的车里这样说道。我也表示赞同。

然而当我们来到餐厅二楼，将手伸进那个匾额的破洞中寻找时，却发现里面空空如也。楼下餐厅的人也是一问三不知。对方表示从昨天起，就没有人进入过这个房间。

"失算了,看来我们的一举一动都被对方看在眼里,明明我们已经那么小心谨慎了。"

诸户不由得佩服盗贼的手法。

"既然暗号已经到了对方手里,就意味着我们没有多余的时间了。"

"我们必须明天立刻出发。现在唯一的办法就是主动出击。"

第二天——令我永生难忘的1925年7月29日,我们带着简单的行李,开启了这场前往南海孤岛的奇特之旅。

诸户只说要外出旅行,将看家的任务交给了学徒工和阿婆;我则以治疗神经衰弱为由,表示要陪朋友一起回乡省亲,成功向公司请假,并征得了家人的许可。时值七月下旬,马上就要开始暑期休假,所以家人和公司的同事都没有怀疑我的说辞。

此行确实是"陪朋友回乡省亲",只是这场省亲着实非比寻常。诸户要回家去见父亲,但他并不是为了看望父亲,而是为了审判父亲的罪行,并与其对峙。

我们先是搭乘火车来到志州的鸟羽,随后搭定期客船来到纪伊的K港,接下来只能找当地渔民帮忙摆渡,因为根本没有固定的班船。另外说到定期客船,完全不是现在这种三千吨级的大船,而是两三百吨级的破旧汽船,上面也没有多少游客。船只刚驶离鸟羽,强烈的异乡感立刻让我心生不安。破旧汽船要在海上摇晃一整天,才能到达K港这个荒凉的渔村。随后,还要坐上方言浓重到几乎无法沟通的渔民的小船,花半天时间沿着布满断壁、人迹罕至的海岸前进二十公里，才能抵达岩屋岛。

7月31日中午，一路上相安无事的我们顺利来到作为中转站的K港。

作为海鲜市场的卸货地点，码头周边堆满了鱼雷般的鲣鱼和已被开膛破肚、开始腐烂的鲨鱼，空气中更是弥漫着海风与腐肉的气息。

走出码头，一间挂着旅馆餐厅牌子的破旧小屋映入眼帘，店门口的纸门很是显眼。我们进入餐厅，先是吃了一顿至少材料新鲜的鲣鱼刺身当作午餐，然后找到老板娘帮忙安排摆渡船，顺便询问起岩屋岛的情况。

"你们说岩屋岛啊？那座岛离我们确实挺近，但岛上阴森森的，我可从来没有去过。除了诸户家的大宅子外，岛上还住着六七户渔民。那座孤岛上全是岩石，什么景点也没有。"

老板娘操着一口令人难以听懂的方言。

"你有没有听说诸户家的老爷最近去了东京？"

"没听说啊。诸户家的驼子那么显眼，要是他从这里搭乘汽船，我肯定能注意到。不过那个驼子自己有一艘帆船，而且喜欢开着船到处跑，说不定是趁我们不注意跑去了东京呢。你们认识诸户家的老爷？"

"不，那倒不是，我们就是想去岩屋岛看看。有没有人可以划船把我们送过去？"

"不好说啊，今天的天气这么好，渔民们都出海捕鱼去了。"

在我们的强烈要求下,老板娘帮忙问了一圈,终于帮我们雇到了一位老渔夫。乡下人做事节奏慢,过了约莫一个小时,我们才谈好价钱,并坐上了船。

这是一艘名为"猪牙船"的小型钓鱼船,勉强只能挤下两个人。我们再三确认这样的船能否保证安全,老渔夫却笑笑表示不必担心。

沿途的景色与其他半岛相差无几,高耸的悬崖峭壁上方,有着郁郁葱葱的树林,山与海仿佛连成一片。这是个风平浪静的好天气,只有悬崖边缘可以看到白色滚滚的浪花。除此之外,形成了狭窄洞穴的奇岩怪石也是随处可见。

由于今晚没有月亮,我们必须赶在黄昏前到达岛上,老渔夫也加快了船只行进的速度。就在我们绕过一个大大突起的海角后,外形独特的岩屋岛赫然呈现于眼前。

整座岛似乎都是由岩石组成的,只能看到星星点点的几处绿意,十几米高的悬崖环绕在海岸边。我不禁开始怀疑这样的岛上是否真的有人居住。

随着船只的不断靠近,我才看清悬崖上确实有着零星几处住家。与之形成强烈对比的是另一边如同城墙般的硕大屋顶,旁边反射着白色阳光的应该就是我们要找的诸户家仓库。

船只很快就能靠岸,不过为了安全驶入码头,还要沿着悬崖再前进一小会儿。

前进途中,我们突然看到悬崖的一角有个深不见底的漆黑洞窟,许是被海水冲刷出来的吧。行到距离洞穴约五十米处,老渔夫突然指着洞穴开口道："这一带的人都管那个洞穴叫'魔窟',时不时就会有人被那里吞噬。渔民们都说里面有鬼怪作祟,根本没人敢靠近。"

"里面是不是有漩涡啊?"

"不是漩涡,而是其他什么东西。最近一次吞噬人是在十年前,当时的情况是这样的。"

说着,老渔夫给我们讲了一件诡异的往事。

这件事是另一位渔夫亲眼所见,他是老渔夫的朋友。那天,一个目光如炬、衣着寒酸的男性突然来到K港,他就像我们一样来到了岩屋岛。当时负责划船的就是老渔夫的那位朋友。

过了四五天,这位渔夫结束了夜晚的捕捞工作后,在临近黎明时分碰巧路过岩屋岛的洞穴前。当时正值退潮,清晨平静的浪花在洞口不断翻涌,一个大号白色物体伴着海草和其他杂物,从洞穴中被冲刷了出来。渔夫本以为是鲨鱼的尸骸,谁料定睛一看,竟发现那是一具人类的遗骸。遗骸整个身体被卡在洞穴里,只有头部被冲了出来。

见状,渔夫赶忙划船过去打捞骸骨,却发现了更令他惊讶的一幕——那人竟是前些天来到K港的游客。

众人推测那人应该是跳崖自尽,这件事也就此作罢。不过当地老人说,这个洞穴一直神秘莫测,淹死在这里的人全都是一半身子在洞穴里,看上去像是从洞穴里被冲出来一样,实在是太离奇了。这一带甚至出现了洞穴里居住着妖魔,需要吞噬人类作为祭品的传说。"魔窟"之名应该是由此得来的。

老渔夫说完后，特意叮嘱道：

"所以说，我才特意绕了个圈，尽可能远离那个洞穴。两位先生也要小心，不要被妖魔给盯上啊。"不过，我们并没有把他的话放在心上。此时的我们又怎能想象得到，几天后，当我们再次回想起这位老渔夫的话，竟会惊出一身冷汗。

说话间，船只驶入了小岛一角的海湾。只有这里的岩石比其他地方低了两米左右，天然岩石形成的石台阶让此处成了一个小小的码头。

我定睛一看，只见海湾里停着一艘约五十吨级的帆船，看上去像是驳船的主船，还有两三艘破旧的小船，除此之外空无一人。

我们下了船，见老渔夫划船逐渐远去，一种异样的情绪油然而生。不得已，我们只得压抑着不安的心情，快步走上坡道。

到达坡顶后，视野瞬间开阔了许多。只见几乎没有杂草的宽敞石子路环绕着小岛中心的岩石山，一眼望不到头。如同城墙般的诸户大宅就孤零零地矗立在石子路对面。

"我发现了，从这里看去，对面的海角就像一头卧牛。"

诸户的话语让我转头一望，只见刚刚我们划船绕过的海角边沿确实恰似一头卧牛。想到这里或许就是初代曾经提到过的一边照看婴儿一边游玩的地方，我的心情就复杂无比。

此时，昏沉沉的夕阳已经笼罩了整座小岛，诸户大宅的仓库白墙也逐渐变成了灰色。这光景实在寂寥极了。

"这里简直就像是一座无人岛。"我不禁感叹道。

"是啊,这里比我童年记忆中的小岛更加荒凉、阴森。居然有人愿意住在这里。"诸户答道。

沿石子路向诸户大宅快步走了一会儿,我们发现了一处奇怪的景象。只见一位年迈的老翁正坐在黄昏笼罩下的悬崖边,如同一尊石像似的眺望着远方,一动也不动。

我们不由得驻足观望起这个奇特的人。

或许是听到了我们的脚步声吧,这位看海的老翁慢慢转过头,看向了我们。老翁的视线移向诸户的瞬间,他一下子呆住了,随后一动不动地紧盯着诸户不放。

"真奇怪,这个人是谁啊?我怎么也想不起来。他应该认识我吧。"

我们又走了一百米左右,诸户才转过头看向老翁。

"他看上去也不像是驼子啊。"我战战兢兢地说道。

"难道你怀疑他是我的父亲?怎么可能呢?就算几年未见,我也不可能认不出自己的父亲啊。哈哈哈哈。"诸户半开玩笑地低声笑道。

诸户大宅

来到诸户大宅门口,我们才发现这里荒凉得超乎想象。穿过坍塌的土墙和腐朽的大门,后院跃入眼帘。奇怪的是,整个院落的土地都被挖开了,仿佛像是耕地一样,为数不多的几棵树或是倒在地上，或是被连根拔起，简直乱得让人无法直视。凌乱的院落更为整座大宅增添了几分荒凉的色彩。

我们来到玄关前，对着如同怪物张开漆黑大口的走廊叫了一会儿门，却迟迟没人出来迎接。我们不死心地又喊了几声，才有一位步履蹒跚的老妇从里面走了出来。

或许是傍晚昏黄的光线作祟吧，我有生以来从未见过如此丑陋的老妇。她身材矮小，胖得连身上的肉都垂了下来，而且还是个驼子，隆起的背仿佛一座小山。她的脸色蜡黄，脸上皱纹密布，滴溜圆的眼珠仿佛两只随时可能夺眶而出的蝌蚪，参差不齐的焦黄牙齿完全裸露在外，根本看不到嘴唇何在。她的上排牙齿似乎全都掉光了，一闭上嘴巴，整张脸就像诡异的灯笼似的缩成一团。

"谁啊？"老妇瞥了我们一眼，声音中充满了愠色。

"是我，道雄。"

老妇盯着诸户探出的头看了好一会儿，在认出他是谁的瞬间，大声惊呼起来："哎呀，原来是阿道，你总算回来了，我还以为你这辈子都不会再回来了呢。咦，这边这位是……"

"他是我的朋友。好久没回来，我有点想家了，所以就带着朋友一起远道而归。丈五郎先生呢？"

"你啊，还叫什么丈五郎先生，应该称呼人家'阿爸'才对吧，快点叫一声'阿爸'。"

原来这位丑陋的老妇就是诸户的母亲。

听着二人的对话，除了好奇为什么诸户要直呼父亲的姓名，我还发现了另一个奇怪的地方,那就是老妇提到了"阿爸"一词。不知是不是我多心了,总觉得她的语气像极了杂技少年友之助死前提到的"阿爸"。

"你阿爸在家啊,不过现在他的心情很不好,你还是小心为妙啊。好了,别干站着了,快点进来吧。"

在老妇的带领下,我们穿过霉味十足的漆黑走廊,来到了一个大房间。这座宅院虽说外表荒凉,室内却整理得有模有样,不过还是隐隐透露着废墟般的气息。

我们所在的房间面朝庭院,在这里可以隐约看到黄昏笼罩下的后院,以及斑驳不堪的仓库白墙。我定睛一看,庭院的土壤确实被人挖得乱七八糟。

等了一会儿,一阵诡谲的气息突然出现在房门口,原来是诸户那打扮怪异的老父亲悄然现身了。此时夕阳已经彻底落山了,我只能看到一个漆黑的身影进入房间后,背对着门席地而坐。

"阿道,你回来做什么?"那黑影劈头盖脸就是一通责骂。

诸户的母亲随之走进房间,拿过角落的灯笼摆放在我们之间。在橙黄色的火光下,我这才看清面前这位诡异老人是多么凶神恶煞,简直就像猫头鹰一般丑陋。他与诸户的母亲一样,都是身材矮小的驼子,但是脸奇大无比,上面密密麻麻的皱纹如同一只摊平足部的络新妇蜘蛛。他那丑陋的上唇像兔子一样从中间裂开,恐怖得足以让人过目不忘。

"我只是想回家看看。"

说着,诸户就像刚刚同母亲提起的那样,介绍了一下身旁的我。

"哼,这就是你违背约定的理由?"

"不是的,有件事我必须亲口问你。"

"这样啊,正好我也有话要对你说。罢了,你就住下来吧。我也正想看看成年后的你呢。"

仅凭我稚拙的文笔,实在难以呈现出当时的景象。但作为相隔十几年的父子团圆,这样的场面着实诡异。透过这位老翁的话语和动作,我实在看不出他们之间有着普通人的亲情,或许他不仅肉体残疾,就连精神也是异于常人吧。

在这种诡异的气氛下,这对奇特的父子你一言我一语地聊了一个多小时,其中的两段问答让我至今记忆犹新。

"你最近有没有去什么地方旅行?"诸户随便找了个由头开口问道。

"没有,我哪里也没去。对吧,阿高。"

说着,老翁扭头问在一旁的诸户母亲。不知是不是我的错觉,此时老翁眼中似乎闪过了一道别具深意的凌厉目光。

"我在东京看到了一个与你非常相似的人。我还以为你没有知会我,就跑到东京来了呢。"

"开什么玩笑,我已经一把年纪,而且行动不便,怎么可能跑去东京?"

然而我敏锐地捕捉到老翁在说这句话时略显慌张的眼神,以及格外阴沉的脸色。诸户没有追问,而是换了个话题聊上几句,随后又抛出了另一个重要的问题:"我看庭院的土都被翻开了,你挖院子做什么？"

老翁为这突如其来的问题沉默了好一会儿，随后开口答道：

"你说这个啊，这是阿六那个臭小子做的。对吧，阿高？你也知道，家里养了好几个没法独自生活的可怜人，其中有个叫阿六的疯子，不知道他发什么疯，竟把院子搞成了这副模样。不过他本就精神不正常，骂他也没有用啊。"在我听来，这根本就是老翁信口胡诌的借口。

当晚，我们在同一个房间里铺上被褥准备休息，但我们全都激动得久久不能入睡。不敢随意开口交谈的我们只得一边努力平复心情，一边在安静的夜晚继续保持沉默。不知躺了多久，万籁俱寂的屋内突然传出了断断续续的诡异声音：

"呜呜呜呜呜呜……"

不绝于耳的呻吟声听上去有些尖锐。起初我认为是有人在做噩梦，不过很快就意识到噩梦中的呻吟不可能持续如此之久。

借助着昏黄的灯光，我与诸户对视了一眼，继续竖起耳朵捕捉着声音的来源。就在此时，我突然想起了那对被关在仓库里的可怜双胞胎。难道这是那对身体相连的痴男怨女正在进行着什么残忍的缠斗？想到这里，我不由得惊出一身冷汗。

天蒙蒙亮的时候，迷迷糊糊醒来的我突然意识到身旁的诸户不见了。以为自己睡过了头的我手忙脚乱地爬起身，冲进走廊寻找洗手间的位置。

就在不熟悉房间分布的我在偌大的家中走得晕头转向时，诸户的母亲阿高突然从一个转角处蹿出，像是要挡住我的去路。这位疑心病重的残疾老妇似乎怀疑我正在家中四处查探。直到我开口询问洗手间的位置,她才放下了些许戒心,并将我带到了后门的井边。

我洗了把脸,脑海中突然回响起昨晚的呻吟声,浮现出仓库里的双胞胎,不禁让我产生了想去看看深山木曾经去过的仓库外墙窗户。或许我也能透过窗户看到那对双胞胎呢。

于是,我装作出去散步的样子,悄悄溜出大宅,沿土墙走向后面。外面凹凸不平的路上有许多大石块,除了寥寥无几的杂草,几乎看不到什么树木,简直就是一片荒野。不过,当我从正门走向仓库后方时,我发现了唯一一处枝繁叶茂的弧形区域,如同绿洲一样。拨开枝叶,只见中心区域有一口古井,外面还有长着苔藓的石栏。虽然这口井看上去已经没有使用了,但其奢华的外观实在与这座荒凉的孤岛格格不入。或许除了诸户大宅,这里还曾有过另一栋宅院。

我没有在此处多作停留,而是很快走到了那座仓库下方。虽然还隔着一圈围栏,但由于围栏紧贴着仓库而建,所以站在栏外也能近距离观察仓库。果不其然,仓库二楼有一扇面向后方的小窗户。窗外镶嵌的铁棍也如那本日记上记载的一样。我压抑着内心激动的心情,抬起头盯着那扇窗户看了好一会儿。剥落的白墙逐渐被旭日映成红色,大海的气息更是扑鼻而来。在这光天化日之下,实在难以想象面前的仓库里竟会居住着那样的"怪物"。

然而,我确实亲眼看到了。就在我四下张望了一圈,并重新抬起头时,镶嵌着铁棍的窗户另一侧赫然出现了两张面孔,以及四只紧握着铁棍的手。

一张面孔脸色黝黑,颧骨突出,是一个丑陋的男性;另一张面孔白皙细嫩,是一个年轻女性。

见我抬起头来,眼睛大睁的少女露出了一种奇妙的羞涩神态,赶忙把头缩了回去,仿佛是羞于见人。

不知是怎么一回事,我竟然同时羞红了脸颊,不由自主地移开了视线。这个双胞胎女孩非比寻常的美貌彻底打动了尚不成熟的我。

三日时光

如果真如诸户推论的那样,那么他的父亲完全是相由心生,是个举世罕见的邪恶之人。为了实现自己的邪恶欲念,他根本不顾念父子亲情。道雄也会一如自己曾多次表态的那样,为了揭穿父亲的罪行,甚至不惜与父亲恩断义绝。这对非比寻常的父子住在同一个屋檐下,自然而然会引发随后发生的可怕碰撞。

自我们登上这座小岛,和平的时光只持续了短短三天。到了第四天,我甚至已经无法与诸户正常交流。同一天还发生了另一起悲剧,岩屋岛的两个居民因为中了恶鬼的诅咒,消失在了那个食人洞穴——魔窟之中。

在这和平的三天里,还发生了一些值得记录的事情。

其中之一就是关于仓库里的那对双胞胎。前文提到,就在我于诸户大宅迎来的第一个清晨，我透过仓库的窗户与那对双胞胎匆匆见了一面，还被其中那位女性（也就是日记里的小秀）的美貌给深深打动了。即便是异样的环境衬托出了这位残疾女性的美，但是能在短时间内牢牢抓住我的心，显然也是非比寻常的。

相信各位读者都明白，我早已将全部的爱献给了已故的木崎初代，甚至不惜吞下她的骨灰。之所以我会与诸户一同来到岩屋岛，正是为了找到杀害初代的真凶。然而，我竟会被这仅有一面之缘的女性打动，更何况她还是日记中的残疾女性。不，不止是打动，我甚至感觉自己爱上了她，对她彻底动了情。是的，我不得不承认，我喜欢上了这个残疾姑娘小秀。啊，我真是太没用了。明明就在不久之前，我还在信誓旦旦地要为初代报仇雪恨，甚至不惜为了兑现诺言，来到这座孤岛。我真没想到自己竟会在刚抵达没多久的时候，就对另一个女孩——而且还是个与众不同的残疾姑娘动了心。我真为自己的肤浅而羞愧。

然而，无论我多么羞愧，都无法压抑内心不断膨胀的爱意。我试图编出一个又一个借口来欺瞒自己的内心，想方设法地抽空溜出大宅，跑去那座仓库的背面。

然而，就在最初看到小秀那天的傍晚，当我第二次溜去看她时，却发生了另一件让我不知所措的事情。也就是说，我发现自己的情感并非单向而行，小秀似乎也对我动了心。这是怎样的一种讽刺啊！

在晚霞的照耀下，仓库敞开的窗户仿佛一张深不见底的嘴巴。我站在窗下，耐心等待着女孩的出现。然而就在我左等不来、右等不来的时候，耐不住性子的我学着不良少年的样子，对着漆黑的窗户吹了一声口哨。瞬间，小秀白皙的面孔在窗前晃了一下就消失了，就像是一个熟睡的人突然坐起，又立刻被拉了回去似的。虽然时间短暂，但我仍旧清楚地看到小秀对我粲然一笑。或许是小吉吃醋了，不允许小秀看向窗外——这样想着，我竟再一次害羞起来。

虽然小秀已经缩回头去了，但我仍旧不愿离去，而是恋恋不舍地继续抬头张望着。又过了一会儿，一团白色的东西顺着窗户飞向了我，是一团纸。我捡起掉在脚边的纸团，打开一看，只见上面用铅笔写着如下字样：

关于我的一切，请去问那位捡到记事本的人。也求你把我从这里救出去。你是个俊美、聪明的人，相信你一定能够救我。

虽然字迹歪歪扭扭，很难辨认，但我反复看了好几次，还是读懂了其中的意思。我没有想到小秀会如此直白地称我"俊美"。其实透过那本日记就能得知，小秀的遣词用字与我们不大一样，她所说的俊美或许并没有冒犯的含义，但这两个字还是让我羞红了脸。

在接下来的三天里，我又背着人悄悄透过窗户见了小秀五六次（这短短五六次的见面已经让我煞费苦心），直到我们发现那样出乎意料之物。为了避免被其他家人发现，我们不敢开口说话，只能抓住每次机会眉目传情。很快，我们就能通过些许的眼神变化来交流了。我发现小秀虽然不善于写字，而且不谙世事，却是个非常聪慧的女孩。

通过眼神的交流，我知道了小吉是如何折磨小秀的。尤其是自从我的出现，心生醋意的小吉变本加厉。小秀通过眼神和手势向我透露了这些事。

一次，小吉推开小秀，板起那黝黑的丑陋面孔怒视了我很长时间。他那愤怒的神情中充斥着羡慕、嫉妒、愚昧与龌龊，宛如野兽般丑陋至极，令我至今难忘。他的眼睛一眨不眨，就像在玩瞪眼游戏的小孩子一样，眼神中充满了执拗。

见小秀拥有这样一个如野兽般丑陋的兄弟，我对她的怜悯之情更增添了一分。我无法控制对这个残疾姑娘日益加深的情感，仿佛这是前世早已注定的孽缘。每次见面，小秀都会催促我尽快救出她。我明知没有丝毫把握，仍旧拍着胸脯安慰可怜的小秀不必担心，我肯定能将她救出来，再忍耐一下就好。

诸户大宅有好几个上锁的房间。除了仓库，还有好几个门上挂着老式锁扣的房间。诸户的母亲和家中男佣每时每刻都在监视着我们的行踪，我们根本无法在家中自由行动。不过有一次，我曾假装走错了路，靠近了走廊深处的上锁房间。有的房间里传出了可怕的呻吟声，有的房间里一直在传出响动，我怀疑这些都是被当成动物一样关进牢笼的人所发出的声音。

站在漆黑寂静的走廊竖起耳朵听了一会儿，我突然产生了一种不寒而栗的感觉。诸户曾说这栋房屋居住着大量残疾人，难道这些上锁的房间里全都关着比仓库中的怪物（啊，我却被那怪物夺去了心智）还要可怕的残疾人？诸户大宅竟是残疾人的宅院？那么丈五郎先生为何要集结这么多残疾人呢？

在这和平的三天时间里,除了去找小秀和发现了上锁的房间,我还发现了一件怪事。这天,去找父亲的诸户迟迟没有归来,为了打发无聊的时间,我便准备前往远处的海边码头散步。

由于我们来时正值黄昏,完全没有看到途中的岩石山脚下还有一小片树林,树林深处盖了一间破旧的小屋。这座岛上的住宅全都相隔较远,这栋房屋更显得无人问津。不知道里面住着什么样的人?带着这样的好奇心,我顺着小路走向树林中。

这间屋子很小,小到不像是住宅,更像是个歇脚的小木屋。小屋的外观破旧不堪,完全不似有人居住的样子。屋子所在的地势较高,可以将大海、对面卧牛形状的海角,以及被称作"魔窟"的洞穴一览无余。岩屋岛的悬崖结构复杂,其中最向外突出的便是魔窟洞穴。

那深不见底的洞穴宛如妖魔漆黑的大嘴,洞口翻滚的浪花更像是凶猛的獠牙。我盯着洞穴看了一会儿,感觉上方的悬崖甚至能够勾勒出妖魔的眼睛和鼻子。对于在东京出生、长大,又不谙世事的我来说,这座南海上的孤岛简直就是光怪陆离的异世界。只有寥寥几户人家居住的孤岛、古堡般的诸户大宅、被关在仓库里的双胞胎、被囚禁在上锁房间里的残疾人、吞噬人类的魔窟洞穴……对于城里孩子而言,这一切更像是故事中的诡异元素。

除了一如既往的涛声,整座小岛一片死寂。放眼望去,更是一个人影都看不到,只有炎炎夏日照射着泛白的狭窄石子路。

就在我胡思乱想的时候,身边突然响起的咳嗽声打断了我的思绪。我转过身,只见一位老人正倚靠在小屋的窗边,直勾勾地注视着我。我立刻想到他就是我们登上这座岛的那一天，蹲坐在岸边一直盯着诸户的那位古怪老人。

"你是诸户家的客人？"见我回头，老人立刻开口问道。

"是的。我是诸户道雄的朋友。你认识道雄？"意图打探出老人身份的我反问道。

"当然了，我曾在诸户家帮工，还曾经背过、抱过小时候的道雄少爷呢，当然认识他了。不过，我年纪大了，道雄少爷已经认不出我了。"

"原来是这样啊。那你怎么不去诸户家找他？相信道雄一定也很想念你。"

"还是免了吧。就算再怎么想念道雄少爷，我也绝不会再次踏足那栋禽兽不如的宅院。我不清楚你是否知情，诸户家的驼子夫妻就是披着人皮的恶鬼！"

"他们有那么邪恶吗？难道他们做过什么坏事？"

"哎呀，不要问我这些。我们都住在这座岛上，要是我信口开河，肯定会给自己找麻烦的。那对驼子夫妻完全视人命如草芥。你们将来可是要做大事的人，一定要多加小心啊。切记不要与这座孤岛上的老人扯上关系，使自己身陷险境啊。"

"可丈五郎先生与道雄是父子，我又是道雄的朋友，就算他们再怎么坏，应该也不会对我们做什么吧。"

"不，这可就不好说了。约莫十年前，就曾发生过同样的事情。那个人也是千里迢迢地从城里来到诸户家，据说还是丈五郎的同胞兄弟。他还那么年轻，还有大好前程，却变成了一具尸骸从魔窟洞穴里漂了出来,真是可怜哟。我不能说是丈五郎下的手,但那人自从来到岛上,就一直住在诸户家,没有一个人看到他走出诸户家宅院或是坐上了船。现在你明白了吗?不听老人言,吃亏在眼前。你还是多加小心吧。"

老人一遍又一遍地强调着诸户家的可怕。仿佛在他看来,我们注定会与十年前丈五郎的同胞兄弟走上同样的绝路,所以他必须提醒我们多加注意。我一方面质疑老人的说辞,一方面联想到幕后真凶已经在东京犯下了三起命案,不由得担心起来,或许真的会被这位老人不幸言中,随之而来的不祥预感更让我眼前一黑,不寒而栗起来。

再来说说诸户道雄在这三天都做了什么。虽说我们每晚都睡在一起,他却沉默寡言。或许是复杂的心绪过于折磨人,让他无法开口倾诉吧。白天我们都是分开行动,我只知道他在某个房间里与驼子父亲对峙一整天。每次结束漫长的对峙,他都会脸色铁青地回到我们的房间,布满血丝的双眼看上去憔悴极了。不管我问什么,他都三缄其口、默不作声。

不过,到了第三天夜晚,或许是终于按捺不住了吧,诸户像是个发脾气的孩子一样,一边在坐垫上打滚,一边开口道:

"啊,真是太可怕了。没想到我最担心的事情竟然成真了。这下全完了。"

"难道我们的怀疑都是正确的?"我压低声音问道。

"是的。而且事情严重得超乎我们的想象。"

面如土色的诸户伤心地感叹道。我不断询问更严重的事究竟是什么，诸户却再也不肯作答。他只说："明天我会彻底摊牌，到时一切都将结束。蓑浦，我会站在你这边的。就让我们携手抗击恶魔，一同迎战吧！"

说着，诸户握紧了我的手腕。然而不管嘴上说得多么勇敢，诸户的情绪依旧非常低落。这也难怪，毕竟他将亲生父亲称作恶魔，要与之敌对、战斗。难怪他会精神萎靡、面如土色。我没有安慰他什么，而是紧紧握住他的手，只盼此时无声胜有声。

替身

第二天，我们终于迎来了玉石俱焚的时刻。

中午，我在哑巴女佣（也就是小秀日记里提到的年姨）的侍奉下独自用过午餐后，见诸户还没有从他父亲的房间归来，不愿意一个人胡思乱想的我又一次跑到仓库后面寻求与小秀的眼神交流，当作是饭后的散步。

仰望窗户好一会儿，小秀和小吉都没有现身，我便像往常一样吹了声口哨。然而随后出现在铁棍后面的面孔令我大惊失色，甚至怀疑是不是自己的头脑出现了问题。出现在漆黑窗户另一侧的不是小秀，也不是小吉，而是本应该在其父亲房间的诸户道雄那严肃的面孔。

我擦了擦眼睛，意识到自己并没有出现幻觉，道雄正身在囚禁着双胞胎的牢房之中。确认自己并没有看错的瞬间，我险些大叫出来，若不是看到诸户用手指抵住嘴唇，我根本压不住即将脱口而出的喊声。

见我一脸惊讶地看着他，诸户在小窗另一面比画起了手势。然而或许是他要表达的意思太过复杂，我没能像领悟小秀灵动的眼神般读懂诸户的意思。有些焦躁的诸户示意我稍等片刻，随后就缩回头去。过了一会儿，一个纸团从窗户扔了出来。

我捡起这张多半是向小秀借来的纸，只见上面用铅笔这样写道：

我一时大意，中了丈五郎的奸计，被关进了双胞胎所在的仓库。这里守卫森严，根本不可能逃出去。我现在最担心的就是你。你与这个家没有血缘关系，所以非常危险。快点逃出这座岛吧。我已经放弃了，什么都完了。无论是侦查工作、复仇，还是我自己的人生。

请不要责备我没能遵守与你的约定，请不要嘲笑我软弱地违背了当初的信念。我毕竟是丈五郎的儿子。

我不得不告别心爱的你。请你忘记诸户道雄，忘记岩屋岛吧。我知道这个请求很难，但还是希望你能一并忘记为初代小姐复仇。

即使逃离本岛，也请你不要将这里的事情告诉警察。请你看在我们多年的交情上，答应我最后的请求吧。

看完后，我抬起头，发现诸户正泪眼汪汪地盯着我。这个魔鬼父亲终究还是囚禁了自己的亲生儿子。我的内心仿佛被掏空了一样，一种难以言喻的悲伤之情不断蔓延，让我无暇责备道雄的叛变、憎恨丈五郎的残暴。

这段羸弱的父子亲情早已将诸户折磨得脆弱不堪。或许促使他不远万里回到岩屋岛的，并不是我们之间的情谊，也不是为初代复仇，而是为了这段父子情吧。在最后一刻，他终究还是落败了。这场异常的父子争执是否真的要画上句号了呢？

我隔着仓库的窗户，与诸户对视了好一会儿，最终他摆摆手，示意我离去。我的大脑一片空白，唯有机械般地迈步走向诸户家大门。转头离开时，我发现面色铁青的诸户身后，小秀正一脸诧异地注视着我，更加突显了我的无助。

不过，我压根没打算离开。我必须救出道雄、救出小秀。无论道雄怎么反对，我都不可能留下杀害初代的凶手自行离去。不仅如此，我还要为已故的初代找到她那隐藏的宝藏（奇妙的是我可以同时心系初代和小秀，全然没有察觉到其中的矛盾）。就算指望不上诸户，我也可以在万不得已的时候求助警方。我要留在这座岛上揭露真相；要为消沉的诸户打气，让他重新站在正义这边；我还要借助他过人的智慧，与恶魔决战。在返回自己房间的一路上，我暗暗下定决心。

刚回到房间没一会儿，一直没有与我见面的丑陋驼子丈五郎突然出现了。他走进我的房间，居高临下地怒吼道："你现在立刻收拾东西离开。我不能再让你留在这个家……不，是留在岩屋岛上。好了，快点收拾东西！"

"我可以回去，但是请告诉我道雄在哪里？我必须和他一起走。"

"我儿子有事要做,不方便见你。我已经和他打过招呼了。好了,快点收拾东西。"

我知道多说无益,便决定暂时离开诸户家。不过,我并没有打算离开这座岛。我要藏在这座岛上,伺机救出道雄和小秀。

麻烦的是,做事滴水不漏的丈五郎找来一名魁梧的男佣,护送我离开这座岛。

男佣拿着我的行李在前面带路。走到前两天对我说话的那位诡异老人居住的小屋时,他突然拐进小路,开口说道:"德叔,你在家吗?诸户老爷下了命令,让你开船把这个人送去K港。"

"这位客人要独自离开?"

老人像之前那样从窗户探出身子,一边打量着我,一边问道。

男佣没有多做解释,直接把我托付给面前的"德叔"后就离开了。我没有想到丈五郎会把我交给这个可以算是背叛过他的老人,不禁疑窦丛生。

不过对我而言,他能选择这位老人可以说是我求之不得的。我简单地说了一下来龙去脉,请求老人能够从旁协助。我告诉他,自己无论如何都要暂时留下来。

老人又像前几天那样,狠狠数落了我的计划是多么有勇无谋。但在意识到怎么也说不动我后,老人最终还是妥协了,不仅答应愿意帮我,还提出一个帮忙欺骗丈五郎的妙计。

这究竟是个什么样的妙计呢?

疑心病重的丈五郎绝不可能允许我继续留在岛上,甚至可能牵连到收留我的老人，所以老人必须划船前往本岛。

我不能让德叔独自划船离去，幸好他儿子的年龄和体态都与我相仿，可以让他的儿子穿上我的衣服去往本岛，这样远远看去就像我离开了一样。与此同时，我可以穿着德叔儿子的衣服藏在小屋里。

"在你忙完之前，我可以让我家小子去参拜伊势神宫。"

说着，德叔冲我笑了笑。

傍晚时分，德叔的儿子换上我的衣服，大大方方地坐上了德叔的船。

在晚霞的照耀下，德叔划着桨，让小船沿着悬崖缓缓驶去，全然不知有多么可怕的命运等在前方。

杀人远景

现在的我俨然成了一部探险小说的主人公。

送走两人后，我穿上德叔儿子的略带海风气息的破旧衣衫，蹲坐在小屋的窗边，悄悄目送着渐行渐远的小船。

卧牛形状的海角被傍晚的雾气笼罩，漆黑的海平面与灰色的天空连成一片，天空中已经隐隐透出点点星光。风平浪静的海面宛如一摊黑压压的石油，此时正值涨潮，远远望去，可以看到魔窟洞口已然形成了漩涡，将海水不断卷入洞中。

在凹凸不平的悬崖映衬下，小船时隐时现，只能隐约看到它正慢慢靠近魔窟。十几米高的悬崖宛如一面漆黑的高墙，崖边惊险前进的小船被衬托得如玩具般小巧。如虫鸣般的摇橹声时而顺着海面传到我的耳中。德叔和他那穿着西装的儿子早已被黄昏的阴影吞噬，只能看到绿豆大小的轮廓。

就在小船绕过一处岩石就能到达魔窟之际，我突然发现小船正上方的悬崖顶端有什么东西在活动。我心头一惊，赶忙定睛看去，发现那是一个后背隆起了一个鼓包似的驼背老翁。我绝不可能看错那个丑陋的身影，那人正是丈五郎。但为何诸户家的男主人要在这个时候出现在悬崖边上？

只见那驼背老翁正低着头，拿着十字镐一样的东西忙碌着。每当镐头砸向地面，旁边的东西都会随之一动。我仔细一看，才发现那是悬崖边上一块摇摇欲坠的大石头。

啊，我明白了。丈五郎是想趁着德叔的船途经此处时推落石块，打翻那艘小船。事情十万火急，必须让德叔远离悬崖才行。但我再怎么叫喊，德叔也不可能听到。我明知丈五郎的可怕阴谋，却没有办法救出无辜的牺牲者。除了祈求老天保佑，我根本束手无策。

只见那佝偻的身影用力一推，大岩石摇晃了几下，瞬间以飞快的速度撞向旁边的岩石突起处，并伴随着无数碎屑一同砸向了小船。

海面上瞬间掀起激烈的浪花，甚至连我都能听到巨大的声响。

丈五郎的阴谋得逞了，小船被彻底砸翻，船上的两个人影全都消失不见。由于距离太远,我看不清楚他们是被岩石当场砸死,还是弃船逃入了海中。

而另一边,丈五郎这个偏执的驼子没有满足于将船砸翻,继续疯狂挥动着十字镐,接二连三地砸落身边的大小石块。一时间,附近的海域被激起浪花不断,简直就像是打起了海战一样。

过了好一会儿,丈五郎才放下十字镐,低头看了看,不知是否是看到了两人已经死去,只见他掉转头离去了。

一切都发生在转瞬即逝之间。由于相隔甚远,我根本来不及感叹夺去两人生命的惨剧是多么可怕,甚至产生了这就是一场精巧木偶戏的错觉。然而这不是做梦,也不是幻觉,而是真真切切的事实。在恶魔的奸计下,德叔和他的儿子全都命丧魔窟。

此刻,我才真正明白丈五郎的企图。他从一开始就打算除掉我。在家中动手难免会有风险,所以他才逼我上船,借此与岩屋岛撇清关系,同时守候在必经之路的悬崖上,利用魔窟的迷信,伪装出德叔的船是被非人之力打翻的假象。难怪他没有使用更加便捷的枪支,而是利用了推落岩石的麻烦手法。

他没有找岛外的渔夫划船,而是选择了与自己不合的德叔,也是为了一石二鸟,同时解决两个对自己不利的人。这样既能除掉已经察觉到他种种恶行的我,又能除掉曾经身为家仆,知晓各种秘密,随后又选择了背叛的德叔。他的一石二鸟之计确实成功了。

据我所知,丈五郎已经杀死五个人了。更可怕的是,这五起凶案的杀人动机全都间接由我造成。如果没有我,初代或许就会接受诸户的求婚,只要与诸户结婚,她就不会被杀。深山木就更不用说了,如果我没有委托他查案,他根本不会被丈五郎除掉。那个少年杂技演员亦是如此。德叔和他的儿子也是一样,如果我没有来到这座岛,如果我没有请他的儿子充当替身,他们根本不会死得如此惨烈。

我越想越怕,对杀人魔丈五郎的憎恨更是愈发强烈了。现在不只是为了初代,更是为了另外四个惨死的亡魂,我一定要留在这座岛上,揭露那个恶魔的所有罪行,为他们报仇雪恨。或许我一个人的力量太过渺小,还是请求警方协助更加稳妥。但我已经无法满足于通过国家法律来审判这个稀世的恶魔。古语道,以眼还眼,以牙还牙,如果不能让他尝尽与自身所犯罪行等量的报应,我决不罢休。

幸好现在丈五郎认为我已经葬身海底,所以当务之急就是彻底扮成德叔儿子的模样,逃过丈五郎的眼线。随后,我要悄悄与仓库中的道雄汇合,共同协商复仇大计。相信在听说了刚刚的凶案后,道雄断不会继续站在父亲那边了。不,就算道雄不同意,我也没有时间再与他纠缠了。毕竟我现在唯一的目的就是报仇雪恨。

值得庆幸的是,在随后的几天里,德叔和他儿子的尸骸一直没有被发现,估计是被卷入了魔窟深处吧。我也借此机会顺利扮成德叔的儿子。见德叔的船迟迟未归,几个察觉有异的渔夫也曾来到小屋打探,但我一直以生病为由,在房间的阴暗角落竖起对折的屏风遮挡面部,也就这样蒙混过去。

白天我一般都躲在小屋里避人耳目,晚上则在岛上到处查探。除了要透过仓库的窗户找道雄和小秀,我还要尽可能熟悉岛上的地形,以备不时之需。除了细心观察诸户大宅的情况,我还会趁着没人的时候悄悄溜进去,在上锁的房间外面徘徊,或是透过紧闭的门缝查探里面的情形。

　　各位读者,我深知自己有勇无谋,但还是迈出了与这个稀世杀人魔对决的第一步。前方等待着我的究竟是人间炼狱,还是天外之境?相信很快就能写到开篇所提到的,那段令我一夜白头的恐怖经历了。

屋顶的诡异老人

　　虽说替身让我侥幸逃过一劫,但我全然不认为自己已经脱离险境。毕竟扮成德叔儿子的我不能轻易离开小屋,更不能划船逃离这座岛。我觉得自己就像是变成了囚犯一样,白天要悄无声息地藏在德叔的小屋里,晚上才能偷偷溜出去呼吸新鲜空气,活动一下蜷缩了一整天的四肢。

　　食物方面,我只要能接受难以下咽的味道,短期内还是饿不死的。因为岛上的交通不便,德叔便在小屋里囤积了大量米面、味噌和柴火。接下来的几天里,我都是依靠着不知是什么鱼的肉干和味噌过活的。

　　这段经历让我明白,当你真的身在其中,再大的艰难险阻也不过如此，想象要比现实可怕得多。

在东京的S·K公司拨弄算盘时，我根本无法想象自己竟会遭受如此噩梦般的境遇。现在我正孤零零地躺在德叔那破旧的小屋一角，一边盯着没有阁楼的屋顶，一边聆听着不绝于耳的涛声，闻着阵阵大海的气息。我曾不止一次地想，这一切会不会都是一场梦？虽然身处险境，我的心脏仍在一下又一下强有力地跳动着，我的头脑也是一如既往地清醒。当人类真的身陷绝境，也不会如想象中那样手忙脚乱，而是能平心静气地面对眼前的一切。或许这就是士兵能在枪林弹雨中勇敢冲锋的缘故吧。即使身在如此凄惨的环境，我依旧情绪高涨。

没时间胡思乱想了，现在我必须将事情的来龙去脉告知被关在诸户家仓库里的诸户道雄，与他商量后续计划。我不敢白天出门，然而这座岛上没有电灯，伸手不见五指的黑夜同样无法行动。于是，我只能选在远远望去看不清对方长相的黄昏时分，溜到那座仓库下面。整座岛上一片死寂，一路上连个人影也没看到，更没有出现我所担心的状况。不过在到达仓库窗下后，我还是藏到了围栏旁边隆起的岩石后方，细心观察周围的状况，同时竖起耳朵聆听围栏里面和仓库的窗户内有没有传出说话的声音。

在昏暗的傍晚时分，仓库窗户如同妖怪张开的漆黑大口，安静得令人心悸。除了远方海岸边传来的一成不变的涛声，再没有别的声音。昏沉的天空配上暗淡无声的荒凉景色，不禁让我再一次怀疑自己身在梦中。

犹豫了许久，我终于鼓起勇气，将提前备好的纸团对着窗户扔去，白色的纸团顺利飞入窗内。这张纸上详细记载了从昨天起发生的一切，以及询问诸户接下来该作何打算。

扔出纸团后，我躲回到岩石后面等了好一会儿，却迟迟没能等来诸户的答复。此时，夕阳几乎已经完全落山了，仓库的窗户也渐渐隐入黑夜之中。就在我开始担心他是不是在气我没有乖乖离去的时候，终于有一个模糊的白色身影出现在窗边，向我扔出了一个纸团。

我定睛一看，那白色身影似乎并非诸户，而是我心心念念的小秀。即使周围已经漆黑一片，但我还是能隐约看出她伤感的神色。或许她已经从诸户那里得知了事情的来龙去脉吧。

我打开纸团，上面用铅笔简单写了几个大大的字，应该是为了便于我摸黑阅读吧。我一眼就认出这是诸户的笔迹。

"现在我的头脑一片空白，你明天再来一次吧。"

看完我的心情非常沉重。在得知父亲的确凿罪证后，诸户的心情该有多么惊讶与悲伤啊。难怪他不愿亲自面对我，而是选择让小秀帮忙投掷纸团。

我知道小秀一直在盯着我看，便抬头看向窗户后面她那苍白模糊的身影，对她点头示意了一下，随后垂头丧气地摸黑返回了德叔的小屋。我没有点灯，而是像野兽般一头栽倒在地，继续胡思乱想起来。

第二天傍晚，我再次来到仓库下方示意了一下，诸户立刻就出现在窗边，向我扔出了一张写有如下内容的字条：

你不惜以身犯险，也要竭尽全力搭救我，我真不知该如何感谢你。说实话，一想到你已经离开了这座岛，我的悲痛之情实在难以言表。我这才意识到，如果真的与你分离，我该有多么不舍，多么痛不欲生。现在我已经清楚了丈五郎的罪恶行径，我再也不会惦念父子之情。我对父亲只剩下仇恨，再也没有丝毫亲情可言。而对于没有血缘关系的你，倒是让我心心念念。请你帮助我逃离这座仓库吧。我们还要救助其他可怜人，以及找出初代小姐的宝藏，这样才能让你过上富足的生活。对于逃离仓库，我已经想好了一个计划，请你再给我一点时间，随后我自会向你透露计划的具体安排。希望你能趁着没人之际，尽可能每天都来仓库一趟。白天这里很少有人造访，你不必担心。不过，要是被丈五郎知道你还活着，那就问题大了。请你务必谨慎行事。接下来的日子会很难熬，衷心祝愿你能够远离疾病、保重身体。

诸户坚定了本已动摇的决心，彻底斩断了父子亲情。然而一想到是他对我那异于常人的爱慕促使他做出如此决定，我的心情就复杂无比。诸户那不可思议的热情还是让我无法理解，甚至心生畏惧。

接下来的五天里，我们一直在持续着这场岌岌可危的约会（说是约会或许有些怪异，但是在此期间诸户的态度只能让我联想到这个词语）。要是让我详细描述这五天的行动与心境，那需要写的可就多了去了。不过这些内容都与故事进展没有太大的关系，所以我只选择重要的几点，其他的一律略过。

第三天一早，正当我为了与诸户互通书信而若无其事地靠近仓库时，我发现了一件怪事。

当时太阳还未升起，雾蒙蒙的朝霞笼罩着整座小岛，周围的能见度非常低，所以直到我走到距离围栏外侧的岩石还剩下十余米的位置，才惊觉一个漆黑的身影正蹲在仓库的屋顶上蠢蠢欲动。毕竟谁也想不到竟有人会出现在这样的地方。

我大吃一惊，赶忙掉转身，躲藏到围栏的角落细细观察，这才发现屋顶上的人正是身形佝偻的丈五郎。就算看不到面孔，只看身体轮廓也能认出是他。

丈五郎的突然出现让我担心起诸户道雄的安全。每当这个残疾怪物现身，都会有凶案发生。初代遇害前，曾经见过一个怪异的老人。友之助遇害当晚，我亲眼看见了他那骇人的背影。而就在几天前，我眼睁睁地看着他在悬崖上挥舞十字镐，让德叔父子葬身魔窟海底。

但毕竟虎毒不食子，正因为他无法杀死亲生儿子，才会将道雄关在仓库之中。

不，万事无绝对，毕竟道雄已经决心与父亲对抗到底。对这个怪物而言，杀死亲生儿子又有什么好犹豫的？他肯定是意识到无论如何都扭转不了道雄负隅顽抗的决心，所以才决定亲自动手。

正当我躲在围栏后面忧心忡忡地胡思乱想时，雾气渐渐散去，怪物丈五郎那丑陋的身影也越发清晰了。只见他正跨坐在屋脊的一角，不住地拨弄着什么。

啊，我知道了。他是想掀开鬼瓦。

屋顶两端各安装了一块精致的鬼瓦，与硕大的仓库相得益彰。这种老式造型在东京非常罕见。

仓库二楼应该没有安装阁楼,只要掀起鬼瓦,那么他与囚禁着诸户道雄的房间就只剩下一层楼板。太危险了,诸户或许还在屋内蒙头大睡,全然不知屋顶的可怕阴谋。但我又不能当着怪物的面吹口哨提醒,只能为自己的束手无策而焦急。

没过一会儿,丈五郎就掀开鬼瓦,将瓦片夹在了腋下。瓦片长约六十厘米,一个残疾人要将其夹住实属困难。

下一步他一定是要掀开鬼瓦下面的屋顶板,将丑陋的头探向屋内,然后咧嘴一笑,从道雄和双胞胎的正上方大开杀戒吧。

这样的幻想让我冷汗涔涔、心惊肉跳。然而出乎我意料的是,丈五郎竟夹着鬼瓦从另一端走下了屋顶。他肯定是要把碍事的鬼瓦放到一边再回来,这样才方便做事。但我等了很久,他却依旧没有归来。

我战战兢兢地从围栏后面移动到岩石旁边,再次小心翼翼地四处张望。然而直到雾气彻底散去,升到岩石山顶上的太阳将仓库的墙壁照得通红,丈五郎都没有再次出现。

神与佛

躲藏了足有三十分钟后,确信已经安全的我鼓起勇气,躲在岩石后面吹了声口哨。这是我呼唤诸户的暗号。

下一刻,诸户的身影就迫不及待地出现在了窗前。

我从岩石后面探出头来,用询问的目光看向诸户,见诸户点头示意,我才从事先准备的笔记本上撕下一张纸,简单记下了丈五郎那莫名其妙的行动后,随手捡了个小石块用纸包起来,然后将纸团扔向窗户。

等了一会儿,诸户就给我回了信,他大致上是这样写的:

看了你的信,我有了一个重要的发现。庆幸吧,我们的其中一个目的马上就要实现了。还有,你放心吧,我暂时没有危险。现在没时间细说,我只能记下需要你帮忙处理的事情。相信通过这些事,你就能理解我是怎么想的了。

一、希望你能在保证自身安全的范围内,踏遍这座岛的每个地方,寻找一切与供奉有关的事物并通知我。例如稻荷神的庙宇或地藏雕像等关于神佛的东西。

二、近期诸户大宅的佣人们应该会把一些货物搬上船运走。你一旦发现,请立刻通知我,顺便清点此时的人数。

接到这两个非比寻常的命令后,我琢磨了一下,但怎么也想不出诸户究竟在想什么。不过现在实在没时间再次丢纸团回去询问诸户了,毕竟丈五郎随时可能再次出现。于是我带着对诸户的信任,快步离开了。

接下来,我按照诸户的吩咐,像个窃贼似的挑选人烟稀少、没人穿行的道路,终日在岛上游走。为了避免因为撞见他人而暴露身份,我将脑袋包裹得严严实实的,身上穿着德叔儿子的旧衣衫,手脚上涂抹了泥巴,乍看之下别人根本认不出来。不过要在光天化日之下来到室外游走,着实让我心力交瘁。再加上时间已经进入八月,虽说这里靠海,但要顶着大太阳出行实在耗费体力。不过现在情况特殊,我根本无暇在意天气是否炎热。在岛上游走一番后,我意识到这可真是座荒岛。即使碰到民宅,里面也未必有人居住。常常是走上一整天,一个人也没撞见,只有偶尔能远远看到两三个渔夫的身影。不过这也让我略微松了口气,毕竟不需要时刻提心吊胆了。

当天傍晚,我就完成了绕岛一圈的任务,期间只发现了两处与神佛有关的事物。

岩屋岛的西边就是海岸,而我所发现的其中一处与诸户大宅隔山遥望。那里的悬崖棱角分明,几乎没有住家,只有海浪冲刷出的各种奇岩异石高耸入云。其中有一块平安乌帽形状的巨岩,顶端就像二见浦的夫妻岩一样,有座石头雕刻而成的小小鸟居。或许是几百年前,这座岛上人丁兴旺时,如同城主般声名显赫的诸户大宅主人在这里修建了用于祈祷风平浪静的鸟居吧。花岗岩质地的鸟居外侧已然覆盖了一层黑色苔藓,古老得几乎要与巨岩同化了。

另一处也是在西侧海岸,一个正对着平安乌帽形巨岩的山丘上,有一尊同样古老的地藏雕像。透过周边的痕迹,可以看出过去岛上铺设了环岛一周的步道,这座地藏雕像就像路标一样,建在步道边上。这座雕像早已无人参拜,周围更没有任何贡品。与其说是地藏雕像,倒更像是一个普普通通的人形石块。雕像的眼耳口鼻早已被风雨磨平,面部空空如也。第一眼看到它孤零零地矗立在无人之地的模样时,我心头一惊,连步子都迈不动了。由于底座采用了一块硕大无比的巨石,雕像没有丝毫倾斜。在漫长的时光中,它一直默默地站在这里。

事后我才想到,或许过去岛上的地藏雕像不止这一处。现在北部的海岸等地都还保留着类似雕像底座的石块。由于孩童的恶作剧等各种理由,其他雕像早已消失不见。幸好通往西部海岸的道路崎岖,所以这座雕像才得以保留下来。

这一天的游走,我一共在岛上找到这两处与神佛有关的地方。除此之外,我还隐约记得诸户大宅宽敞的庭院里建了一座精致的庙宇,就是不知里面究竟供奉着什么。不过既然诸户特意要我寻找,显然他所指的范围并不包括诸户家内部。

平安乌帽形岩石的鸟居象征着"神",地藏雕像象征着"佛"。神与佛……啊,我似乎知道诸户在想什么了。这一切应该都与那段咒语似的暗号有关。我再一次回想起那段暗号。

神佛若然相会

巽鬼应声而碎

寻觅弥陀恩赐

勿迷六道岔路

其中的"神"会不会指的是平安乌帽形岩石的鸟居,而"佛"指的是那尊地藏雕像呢?这样一来……啊,一切问题都能迎刃而解了。暗号中的"鬼"应该就是今早丈五郎拆掉的仓库屋顶的"鬼瓦"。肯定是这样,那片鬼瓦位于仓库的东南方,而东南方正是巽位,因此那片鬼瓦就是"巽鬼"。

暗号中提到"巽鬼应声而碎",是不是意味着宝藏就藏在鬼瓦里面呢？如果真是这样，丈五郎肯定早已敲碎鬼瓦，取出了里面的宝藏吧？

但诸户不可能没有意识到这一点啊。我已经在信中提到了鬼瓦被丈五郎带走一事，诸户是在看过信后才有了新的发现，说明这段暗号另有玄机。如果仅仅是敲碎鬼瓦，那第一句话就毫无必要了。

话说回来，"神佛若然相会"究竟是什么意思呢？如果真如我所料，"神"指的是平安乌帽形岩石的鸟居，"佛"指的是地藏雕像，那这两样东西该如何"相会"呢？看来这里的"神佛"应该还有其他意思吧。

我绞尽脑汁，却怎么也解不开这个谜题。不过通过今天的事情，可以确信正如我们所料，当初偷走了藏在东京神田西餐厅二楼的暗号和双胞胎日记本的人，正是这位诡异的老人丈五郎。不然他根本没有理由拆下鬼瓦。在此之前，他挖开庭院，像个无头苍蝇似的找遍了诸户大宅。在拿到暗号之后，他又拼命解读其中的含义，最终发觉仓库的鬼瓦正好符合暗号里的"巽鬼"。

如果丈五郎的解读没错，那么宝藏应该已经落入了他的手中。又或者他的解读大错特错，鬼瓦中空空如也。与此同时，诸户对暗号的解读又是否正确呢？我越发惴惴不安起来。

残疾大队

当天傍晚,我再次回到仓库下方,同样利用纸团向诸户汇报了自己的发现。为了便于诸户解读暗号,我还在纸上绘制了平安乌帽形岩石和地藏雕像的位置缩略图。

等了一会儿,从窗中探出头来的诸户向我扔出了这样一张字条:

你带表了吗?我们对一下时间吧。

这个问题还真是没头没尾。不过现在我们的交流手段有限,我随时可能身陷险境,也难怪诸户没时间解释前因后果。我只能通过这短短一句话来推测他的意思。

幸好我偷偷地将手表戴在了上臂,而且每天都记得上发条,时间上应该没有多少误差。我对着窗口的诸户卷起袖子,用手势和他对了一下时间。

诸户满意地点点头,然后将头缩了回去。又过了一会儿,他扔出了一封长信:

我接下来要说的非常重要,一定不能出现差错。相信你应该猜到了,我已经找到了宝藏的藏匿地点。其实丈五郎也有所察觉,但他犯了一个非常大的错误。还是让我们来亲自找出宝藏吧,我对此非常有信心。没时间等我逃离仓库了。

如果明天的天空放晴,请你在下午四点左右(最好早一点)

到达平安乌帽形岩石处，注意观察石制鸟居的影子，它的影子应该会与地藏雕像重叠。你需要记录下重叠时的准确时间，然后就可以回去了。

接到这个命令后，我匆匆返回德叔的小屋，一整夜满脑子想的都是那段暗号。

现在我终于明白"神佛若然相会"的含义了。并不是真正"相会"，而是两者的影子重叠在一起。鸟居的影子会照到地藏雕像身上，这也太巧妙了。此时此刻，我不得不为诸户道雄丰富的想象力拍手称快。

"神佛若然相会，巽鬼应声而碎"——虽然明白了第一句，但第二句中的"巽鬼"又不知道是什么意思了。诸户说丈五郎犯了个大错，说明"巽鬼"指的并不是仓库的鬼瓦。那除此之外，还有什么东西被冠以"鬼"之名呢？

当晚，我带着一脑袋未解的谜题，昏昏沉沉地睡了过去。第二天一早，久违的嘈杂人声将我吵醒。我竖起耳朵，发现有熟悉的声音路过小屋，走向码头。那些肯定是诸户大宅的佣人。

想到诸户的命令，我一跃而起，趴在窗前偷偷看了起来。只见三个人的背影正在逐渐远去，其中两人挑着巨大的木箱，另外一人走在边上。边上的人正是双胞胎日记中提到的助八爷爷，另外两人是我曾在诸户家见过的魁梧男丁。

诸户提到"近期诸户大宅的佣人们应该会把一些货物搬上船运走"，指的应该就是这件事，他还让我清点人数。

我悄悄打开窗户看了一会儿，只见那三个人的背影渐行渐远,最终消失在了岩石后面。没过多久,一艘收起了船帆的帆船从码头划向我面前的海域。虽然距离较远,但我依旧能看清刚刚运货的三个人和木箱都在船上。到达近海后,早上的清风吹着刚刚扬起的船帆,让船只离小岛越来越远了。

依照约定,我必须尽快将这一幕告知诸户。此时,我已然习惯了白天外出,反正路上也遇不到什么人,根本没什么好犹豫的。我三步并作两步地走出小屋,来到了仓库下方。

通过纸团汇报了刚刚的情况后,诸户向我发来了一封振奋人心的回信:

他们大概要一周才会回来。我知道他们去做什么了。现在家里没有其他棘手的家伙了,正是逃跑的大好时机。请你助我一臂之力。希望你能在这块岩石后面等待一个小时左右,之后我会给你信号。等我隔着窗户向你挥手,你就立即冲向正门。只要有人出来,就立刻将其抓住。别怕,现在这里只剩下女性和残疾人。我们终于可以开战了。

这个突发状况让我们不得不暂时中断寻宝。我站在岩石后面,一边等待着窗后的信号,一边为诸户那慷慨激昂的文字而激动不已。只要诸户的计划可以顺利执行,我们就终于能开口交谈了。而且我还能近距离看到心心念念的小秀,聆听她的声音。这段时间的奇特经历让我在不知不觉中爱上了探险。一听到诸户说要"开战",我就更是兴奋得不能自已。住在东京时,我真没想到自己会变成这样。

诸户马上就要与自己的父母对峙了,这样的事情实属罕见。

即便我再怎么期待那一刻的到来,但是想到诸户的沉重心情,我的内心就像被掏空了一样难受。话说回来,他难道想与父母硬碰硬?

时间一分一秒地过去,我在岩石后面耐心等待着。这一天非常热,虽说是在岩石的背阴处,但脚下的沙子仍旧烫得让人无法触摸。往日里清凉的海风在这一天彻底消失不见,就连滚滚涛声都消失得一干二净,甚至让我怀疑自己的耳朵是不是出了问题。一片死寂之中,唯有夏日毒辣的太阳熠熠发光。

我强忍着头晕目眩的感觉,死死盯着仓库的窗子。就在此时,诸户终于做出了示意!只见他从铁棍之间伸出手,用力挥舞了两三下。

我飞一样地冲了出去,绕过围栏,从正门直接闯入诸户大宅。

进入泥土地面的玄关后,我向屋内打量了一下,发现里面鸦雀无声。

虽说对方是残疾人,但毕竟丈五郎凶残无比、诡计多端,我不得不为诸户的安全担心。屋内宁谧的气氛诡异极了,我非常担心诸户会不会已经遭遇不测。

离开玄关后,我蹑手蹑脚地走进弯弯绕绕的漫长走廊。

走过一个转角,我来到了一条约有二十米长的走廊。走廊宽度有两米以上,地上铺着老式红棕色榻榻米。由于诸户大宅采用的是屋顶高、窗户少的老式建筑风格,因此走廊里的光线异常昏暗。

就在我走过转角的瞬间,一个身影同时出现在对面。只见那身影一边推搡,一边以惊人的速度向我跑来。由于那身影的打扮实在过于奇特,以至于我一时间没能分辨出来。直到"那人"在惊声尖叫的同时扑向我,我才终于认出原来面前的是双胞胎小秀和小吉。

他们全都衣衫褴褛,小秀简单挽起一个发髻,小吉似乎是刚剪过头发,发型好像歌舞伎的假发一样。两人就像孩子一样兴奋地跳着舞,为终于逃脱了牢笼而欢喜雀跃。面前的双胞胎一边对着我开怀大笑,一边疯狂跳舞,简直就像是疯狂的野兽一样。

我下意识地抓住小秀的手,小秀冲我天真无邪地笑笑,然后亲热地握住我的手。虽然身处那样的境遇,但小秀的指甲仍旧修剪得整整齐齐,让我赞叹万分,对她的心动也愈发强烈了。

见我和小秀举止亲昵,野蛮人一样的小吉突然发起了火。这一刻我才意识到,原来与生俱来就没有教养的人一旦发火,会像猴子一样龇牙咧嘴。只见小吉像猩猩一样龇着牙,竭尽全力地挣扎着,意图将小秀从我面前拉开。

就在此时,一名女性听到吵闹声,从我身后的房间里跑了出来。来人是哑巴年姨,她见双胞胎逃离了仓库,吓得脸色铁青,挽起袖子就要把两人带回去。

最初的敌人被我轻轻松松地制服了。被我制住了双手的年姨扭头看到是我,整个人瞬间吓瘫了。她虽然完全没有搞清楚状况,但还是彻底放弃了抵抗。

与此同时,一个奇特的团伙从双胞胎刚刚出现的方位走来。

带头的是诸户道雄,身后还跟着五六个怪异无比的人。

我虽然早就听说诸户大宅里居住着残疾人,但是他们白天的时候一直被关在房间里,我还从未与他们见过面。估计是诸户打开了上锁的房间,将他们放了出来吧。只见他们正在以各不相同的方式表达着喜悦,而且全都非常信任诸户。

其中一人的半边面孔上长着墨迹般的黑毛,也就是所谓的"狼人"。她的四肢健全,但是肤色惨白、十分瘦弱,应该是重度营养不良。她的嘴里不住地嘟囔着什么,但看上去非常开心。

还有一个孩子的脚部关节反向弯曲着,看起来就像青蛙一样。他十岁左右,长得可爱极了,虽然双脚畸形,但仍旧蹦蹦跳跳。

除此之外,还有三个小矮人。三人都与其他"一寸法师"一样,有着成年人的面孔和幼儿的身躯,但是他们又与马戏团的杂技演员不同,身体非常虚弱,手脚如同水母般软弱无力,似乎就连走路都很困难,其中一个更是连站都站不起来。三个人只能像可怜的三胞胎一样在地上爬行。要用虚弱的身体支撑起不成比例的硕大头颅,似乎已经耗尽了他们的全部力气。

看到以连体双胞胎为首的各种残疾人在昏暗的走廊里群魔乱舞,我真不知该如何形容内心诡异的感受。他们的外表虽然不失滑稽,却骇人无比。

"啊,蓑浦,我终于把他们给解决掉了。"诸户走到我身边强颜欢笑道。

"你把他们给解决了?"

一时间，我还以为诸户杀死了丈五郎夫妻。

"我把他们关进了之前关押我们的仓库。"

诸户说，他以有话要说为由，把父母骗到仓库，然后与双胞胎一拥而上，反过来将那两个残疾人关进了仓库里。至于为什么丈五郎会轻易中计，其实还有另外一层原因，不过我也是事后才有所了解。

"这些人是……"

"他们都是残疾人。"

"为什么这里要养这么多残疾人？"

"因为他们都是同类吧。具体情况我们一会儿再说。现在我们必须加快速度了，要赶在那三个佣人回来之前离开这座岛。他们要等上五六天才会回来，我们要利用这段时间寻找宝藏，同时将这些人救出这座可怕的小岛。"

"你要怎么处置他们？"

"你是说丈五郎？我也不知道该怎么办。我知道这样很下作，但我只想逃走。只要我夺走宝藏，带走这些残疾人，他们就会束手无策，自然而然不会再做坏事。我实在没有勇气控诉他们，或是夺去他们的性命。所以虽然下作，我还是决定留下他们逃走。请你谅解我的无奈。"

诸户无精打采地解释道。

三角形顶点

　　由于这些残疾人都表现得很老实，我们便将他们交给小秀和小吉看管。小吉虽然生性顽劣，但是面对让自己获得自由的诸户，显得很是顺从。

　　小秀通过手势，向哑巴年姨转达了诸户的命令。年姨被要求为仓库里的丈五郎夫妻和其他残疾人准备每日三餐。诸户还反复强调，绝不可以打开仓库大门，只能通过庭院的窗户送饭。由于丈五郎夫妻是一对残暴的主人，年姨对他们并无忠心，只有畏惧与憎恶，因此她没有多作抵抗，就直接答应了诸户的要求。

　　在诸户有条不紊地指挥下，当天下午就结束了这场反击战的收尾工作。诸户大宅仅有的三名男佣全都不在家，因此我们轻松取胜。丈五郎以为我早已不在人世，更没想到仓库里的道雄竟敢反抗父母，所以才大意地遣走了所有护卫。结果却被诸户乘虚而入，打了一场漂亮的反击战。

　　我再三询问，诸户却怎么也不肯回答那三名男佣究竟去了哪里，为何要五六天才会回来。他只说自己知道为什么那三个人的工作要花上五六天的时间，让我安下心来。

　　当天下午，我们一同出发前往那块平安乌帽形的巨岩，只为继续完成寻宝大业。

　　"虽说我再也不会回到这座恐怖的小岛，但要是直接离去，只会给那些恶人留下做坏事的钱。如果这里真的藏有宝藏,还是让我们亲自找出来吧。这样一来,既能弥补住在东京的初代小姐的母亲,又能让众多残疾人过上好日子。我希望通过这样的方式来赎罪,这也是我急着寻宝的理由。按理说,我应该公开这一切,让政府机关负责处理,但我做不到。因为如此一来,就会把我的父亲送上断头台。"

在前往平安乌帽形巨岩的途中,诸户辩解般地说道。

"我明白,我知道这是唯一的方法。"

我相信他确实是这样想的。随后,我话锋一转,说起了接下来的寻宝工程。

"比起宝藏本身,我对解读暗号并进行查找更感兴趣。但我还是不太明白,你已经完全解开了那个暗号吗?"

"要等试过才知道,不过我觉得应该已经解开了。相信你已经猜到我的大致思路了吧?"

"是啊,暗号中的'神佛若然相会',指的是平安乌帽形巨岩的鸟居影子照到地藏雕像,我就只想到了这一点。"

"那你还有什么疑问吗?"

"但我不明白'巽鬼应声而碎'是什么意思。"

"巽鬼当然就是仓库的鬼瓦了,这不是你告诉我的吗?"

"也就是说,打碎鬼瓦,就能拿到里面的宝藏?难道真是这样?"

"你要顺着鸟居和地藏雕像的思路去解读。也就是说,这里指的不是鬼瓦,而是鬼瓦的影子,不然第一句话就失去意义了。

然而丈五郎认为暗号指的是鬼瓦本身，所以才爬上屋顶摘掉了鬼瓦。我透过仓库的窗户，看到他敲碎了鬼瓦，里面当然是空空如也。不过多亏了他，我才终于找到了破解暗号的关键线索。"

听诸户这样说，我仿佛受到了嘲讽一样，不由得羞红了脸。

"我真是太蠢了，居然连这个都没有想到。看来我们要在鸟居的影子照到地藏雕像之时，寻找同一时间鬼瓦影子投射的地点吧。"

我一边忆起诸户问我有没有带表，一边开口道。

"我也不知这个想法是对是错，总之我是这样考虑的。"

简单聊了几句，我们就全都没了声音，默不作声地走在这段漫长的路上。诸户的情绪看起来非常低迷，我也不敢多说什么。他肯定还在为囚禁父亲的不孝之举而难过。虽然他直呼丈五郎的名字，甚至不肯称其一声"父亲"，但那毕竟是他的父亲，也难怪他会消沉。

抵达海岸时，由于时间尚早，平安乌帽形巨岩的鸟居影子还停留在悬崖边缘。

我们拧紧发条，等待着那一刻的到来。

虽然选了个阴凉的地方坐下，但是这一日难得无风，我们热得前胸后背都是大汗淋漓。

尽管看似一动不动，鸟居的影子还是以难以辨识的速度沿着地面逐渐伸向山丘。

然而就在影子距离地藏雕像还有几米远的地方时，惊觉情况有异的我下意识地看向诸户。只见诸户脸色铁青，似乎也想到了同一个问题。

"按照这个速度,鸟居的影子应该照不到地藏雕像。"

"还差着五六米呢。"诸户失落地说道,"难道是我想错了?"

"会不会是创作暗号的时候,岛上还有其他与神佛有关的事物?海岸那边就有地藏雕像存在过的痕迹。"

"但既然要投射影子,那东西必须处于高处,海岸附近并没有这么高的岩石,岛中央的山上也没有看似神社的踪影。我还是觉得'神'指的就是这个鸟居。"诸户不依不饶地坚持道。

就在我们说话期间,影子继续向前延伸,很快就到达了地藏雕像肩部的高度。只见照到山丘中段的鸟居影子与地藏雕像之间,还隔着四米左右的距离。

诸户盯着那影子看了一会儿,似乎想到了什么,突然扑哧一笑:"我们太傻了,这个道理就连小孩子都知道,我们怎么连这个都没想到。"说着,他又笑了起来,"夏天的白天很长,冬天的白天很短。你知道是为什么吗?哈哈哈哈,因为地球和太阳的相对位置发生了变化啊。也就是说,准确来讲,影子没有一天会照到完全相同的地点,只有夏至与冬至,一年内唯一两个会照到同样地点的日子除外。也就是当太阳靠近赤道和远离赤道的时候各一次。怎么样,现在你明白了吗?"

"原来如此,我们真是太傻了。也就是说,寻宝的机会一年只有两次?"

"或许藏宝的人正是这样想的。他误以为这样就能让宝藏不易发觉。但既然鸟居和地藏雕像就是寻宝的线索，那解读的方法可就多了去了，根本无须等待影子重叠。"

"我们可以画一个三角形，分别以鸟居的影子和地藏雕像为顶点。"

"没错。只要找到鸟居影子与地藏雕像之间形成的角度，再用同样的角度测量鬼瓦影子延伸的位置就行。"

这个小小的发现瞬间为我们的寻宝之旅掀起了惊涛骇浪。根据我的手表，鸟居影子照到地藏雕像高度的时间是五点二十五分，我便将这个数字记在了笔记本上。

随后，我们爬下悬崖，登上岩石，费了好一番工夫测算鸟居与地藏雕像的距离，以及鸟居影子与地藏雕像之间的准确间隔，并根据这三个数据绘成的三角形缩略图画在了本上。接下来，只要在明天下午五点二十五分找到诸户家仓库屋顶的影子照射位置，再根据今天测量的角度算出误差，就能找到藏匿宝藏的地方了。

然而各位读者，我们还没有完全破解这段暗号。还有最后一句诡异的"勿迷六道岔路"是我们未能理解的。"六道岔路"究竟是什么意思，又有怎样的地狱迷宫等待在我们面前呢？

古井之底

当夜,我与诸户共同睡在诸户大宅的一个房间里,却一次又一次被他的声音惊醒。他不断地做着噩梦。看来囚禁父母所带来的自责让他彻底失去了往日的冷静。睡梦中,他不止一次唤着我的名字。想到自己在他的潜意识中占据着如此重要的位置,我就不寒而栗。我深知自己罪孽深重,纵使我们身为同性,我也不该装作若无其事地与如此惦念着我的他共同行动。这些问题一直在我的脑海中盘旋,让我久久不能入睡。

第二天,在五点二十五分到来之前,我们并没有什么事可做。这对诸户来说似乎是种折磨,他不断地往返于家和海岸,只为打发时间。我看得出,他非常害怕靠近仓库。

仓库中的丈五郎夫妻倒是非常安静,不知是放弃了抵抗,还是在等待那三名男佣归来。我出于好奇,不止一次来到仓库前偷听偷看,但并没有看到他们的身影,就连说话声都没听到。哑巴年姨通过窗户送饭的时候,诸户母亲倒是老老实实地走下楼梯取走了饭菜。

其他残疾人也都聚在一个房间里,表现得很是听话。我去找小秀聊了几次天,小吉显得很不高兴,吼着一些我完全听不懂的话。随着交流的深入,我越发感受到小秀是个温和聪明的姑娘,我们的关系也越来越亲密。小秀就像一个刚刚懂事的孩子,接二连三向我提出问题,而我则耐心十足地为她一一解答。我不太喜欢兽性十足的小吉,就故意在他面前与小秀举止亲昵。于是,小吉总是气得满脸通红,随后故意扭转身体,折磨小秀。

小秀也越来越依赖我。为了来找我,她不惜用尽力气拉着小吉,也要跑来我的房间。看到她如此主动,我欣喜若狂。然而正是小秀对我的爱慕之情,为随后的祸患埋下了伏笔。

在残疾人中,一个刚满十岁、会像青蛙一样蹲着跳跃的孩子与我最为亲密。他名叫阿茂,是个活泼的孩子,常常一个人在走廊里欢快地蹦蹦跳跳。他虽然有些吐字不清,但智商似乎没有问题,总爱说些故作老成的话语。

先不说这些闲话了。傍晚五点时分,我和诸户来到围栏外我常常藏身的岩石后面,一边仰望仓库屋顶,一边等待着时间的到来。天空中并没有像我们担心的那样出现乌云,仓库屋顶东南角的影子一路延伸到了围栏外面。

"鬼瓦已经被拆掉,我们必须多算六十厘米左右。"诸户看着我的手表说道。

"是啊。五点二十了,还有五分钟。你说这岩石地面下面真的埋藏着宝藏吗?我还是觉得难以置信。"

"那边不是有一片小树林吗?我目测影子应该会延伸到那边。"

"啊,你说那片林子啊。那片林子里有一口很大的古井。我在第一天来的时候,曾经跑去那里看过呢。"

说着,我想起了那奢华的井沿。

"哦？古井？这位置还真是奇妙。井里有水吗？"

"那似乎是一口枯井，而且非常深。"

"或许过去那边还有一座宅子，又或许当时那里也是诸户家的庭院。"

聊着聊着，时间终于到了，我的手表指针已经指向了五点二十五分。

"昨天和今天的影子位置会出现些许变化，但是变化不大。"

诸户走向影子所在位置，一边放下石头作为标记，一边自言自语道。

随后，我拿出笔记本，记下了仓库与影子之间的距离，并根据角度测算三角形第三个顶点。果不其然，地点正好指向诸户所说的树林中。

我们拨开茂密的枝叶，来到古井旁边。古井四面八方都被枝叶环绕，让这一带变得潮湿又阴暗。我们靠在井沿向内望去，一股瘆人的寒气从漆黑的地底直冲我们的面颊。

我们再一次测算了准确距离，发现要找的地方正位于这口古井。

"宝藏居然就藏在这种门户大开的井里，也太奇怪了吧。难道是埋在井底的土壤中？当初在用井的时候，肯定进行过疏浚作业，直接藏在井里也太危险了吧？"

我越发质疑起来。

"问题就在这里。直接藏在井里未免过于简单了。这个准备周全的人绝不可能藏在这种容易找到的地方。你还记得暗号最后一句吗？就是'勿迷六道岔路'。我怀疑井底应该有横向的通道。这个通道就是所谓的'六道岔路'，它像迷宫一样弯弯绕绕，难以前进。"

"这也太天方夜谭了。"

"不，这并非天方夜谭。这种岩石组成的岛上常有这类洞穴，比如魔窟就是这样。在雨水的冲刷下，地底的石灰岩层会形成惊人的地下通道，这口井的底部或许正是地下通道的入口。"

"也就是说，这个人将宝藏藏到了天然形成的迷宫里？如果真是这样，他确实足够小心谨慎。"

"能让此人如此谨慎隐藏，宝藏肯定非常贵重。话说回来，我对暗号还有一个疑问。"

"真的吗？我还以为通过你刚刚的讲解，所有谜题都已经破解了呢。"

"只是个小疑问而已。就是那句'巽鬼应声而碎'。这里的'应声而碎'是什么意思？挖开地面确实可以理解为'应声而碎'，但钻进井里并不需要打碎什么呀，这也太奇怪了。这段暗号看似幼稚，实则精妙绝伦。这位作者肯定不会添加无用的词语。他绝不会在不需要打碎什么东西的地方，写下'应声而碎'这几个字。"

我们站在昏暗的树下聊了一会儿，认为再怎么琢磨也没有用，还是应该钻进井里，看看到底有没有通道。于是，诸户留下我，独自返回家中找来了结实的长绳，应该是渔具中使用的绳子。

"让我进去看看吧。"

身材更加小巧轻盈的我接下了查探通道的任务。

诸户将绳子一端紧紧系在我的身上，又把余下的绳子绕着井沿的石头围了一圈，随后他抓住了绳子的另一端。这样他就能随着我的下降而延长绳子了。

我将诸户带来的火柴放进口袋，紧紧握住绳子，沿着井边逐渐下到漆黑的井底。

井中虽然有起伏的石板一路延伸到底部，但是上面长满了苔藓，踩上去非常滑。

下到两米左右的时候，我点燃火柴，向下看了一眼，仅凭火柴的光亮根本无法看清井有多深。我丢下剩余的半截火柴，只见火光又下落了三米左右才消失。看来井底还有一些积水。

又下了一米多，我再次点燃一根火柴。就在我想向下看的时候，突然一阵怪风吹灭了火柴。我察觉有异，再次点燃火柴。这一次，我赶在火柴熄灭之前找到了入风口。这里竟然真的有一条通道。

我定睛一看，只见距井底七八十厘米处有个六十厘米见方的破洞，洞里是一条深不见底的漆黑通道。通过参差不齐的洞口边沿，可以看出这里原本也铺设了石板，随后被什么人给强行撬开了。这一带的石板都有些松动，看上去像是撬开后重新拼装上去的。我向下一看，只见井底的水中露出了三四块锥形石块，显然是凿通道时使用的工具。

看来诸户的猜测全都对上了。这里既有通道，暗号中的"应声而碎"也发挥了作用。

我赶忙顺着绳子爬了上去,将自己的发现告诉给诸户。

"这就奇怪了,看来有人抢在我们前面进入了通道。石板破损的痕迹是近期留下的吗?"诸户的语气显得有些激动。

"不,应该是很久以前留下的,通过苔藓的痕迹可以看出来。"我据实答道。

"那就更奇怪了。这里确实有人曾经进入。留下暗号的人不可能直接凿开石板,肯定是另一个人做的。这个人肯定不是丈五郎。或许有人早在我们之前就破解了暗号。这个人连通道都找到了,宝藏应该也被他带走了吧。"

"但这座岛这么小,如果真有这样的事,肯定早就传开了吧?这里只有一个码头,要是有外人进入,诸户家的人不可能没有注意到。"

"是啊,纵使丈五郎丧心病狂,也绝不会为了莫须有的宝藏而杀人。他肯定是得到了宝藏真实存在的确凿消息。不管怎么说,我都不认为宝藏已经被人取走。"

出师不利的我们无法解答面前的疑问,纷纷陷入沉思。如果此时我们能够想起那日渔夫提起的故事,并把那故事与宝藏联系到一起,就不必继续纠结宝藏有没有被取走了。然而无论是我还是诸户,都没有想到这一点。

不知各位读者是否还记得渔夫讲述的那个故事。十年前,一个自称丈五郎同胞兄弟的异乡人来到这座岛,很快就浮尸魔窟洞口,只留下一段诡异的传闻。

就结果而言，此时没有想到这件事或许反而值得庆幸。因为一旦我们深入思考这位异乡人的死因，恐怕就再也没有勇气前往地下寻找宝藏了。

迷途森林

为今之计，只有亲自确认宝藏究竟有没有被人取走。我们暂时撤回诸户大宅，集齐了探索通道所需要的各种必备品，包括几根蜡烛、火柴、打鱼用的大型匕首、长麻绳（我们收集了所有用于渔网的细麻绳，把它们接在一起并团成了一团）等。

"那条通道或许很深，留下暗号的人将那里称作'六道岔路'，说明那里不仅深，很有可能就像迷途森林一样有许多岔路口。你看，《即兴诗人》里不是曾提到钻进罗马地下墓穴的故事吗？我就是想起这个故事，才准备了这些麻绳。也就是模仿那个名叫费德里科的画师。"

诸户是这样解释他那夸张的准备工作的。

后来，我重读《即兴诗人》时，每当看到描述地下墓穴的篇章，我都会回忆起这段经历，并不寒而栗。

深处的通道似乎是挖掘松软的泥土时留下的。那烦琐复杂、大同小异的通道，足以让熟悉大致路线的人迷失方向。年幼如我，并不知其中的危险，而画师已然做好伴我一同入内的准备。只见他点燃一根蜡烛，将另一根放入上衣口袋，随后将线团的一端绑在入口，牵着我的手走了进去。通道突然变得很低，有些地方只能勉强供我们穿行……

画师与少年就这样进入了地下迷宫，我们也不尽相同。

顺着刚刚绑好的粗绳，我们依次来到井底。虽然积水只到脚踝附近，却冰冷刺骨。通道就在我们的腰部附近。

诸户学着费德里科的模样，先点燃一根蜡烛，将麻绳线团的一端牢牢绑在了通道入口处的一块石板上。接下来，我们要一边前进，一边慢慢松开手中的线团。

负责打头阵的诸户举着蜡烛向前爬行，我则拿着线团紧随其后。感觉我们变得就像两头小熊。

"这里真的很深。"

"我快要喘不上气了。"

我们一边蹑手蹑脚地爬行，一边小声交流着。

前进了十米左右，洞穴变得宽敞了一些，我们可以弯腰行走了。走了没多久，洞穴旁边又出现了一个新的洞口。

"是岔路，果然是迷途森林。但只要我们抓紧引路的绳索，就不会迷失方向。我们先直线前进吧。"

说着，诸户没有理会旁边的洞口，继续向前走去。走了四米左右，又有一个新的洞口对着我们张开了漆黑的嘴巴。诸户举着蜡烛打量了一下，发现这个洞口看起来更加宽敞，便转身向里面走去。

通道就像扭曲的蝮蛇般弯弯绕绕。不止拐向左右两边，有时还会向上或向下，有些地势低的区域还会出现浅沼般的水洼。

很快，我就数不清我们已经走过了多少洞穴和岔路。这里不同于人工建造的坑道，有些地方狭窄得根本爬不进去，有些地方就像岩石缝隙般纵向裂开。就在我们以为这里只有狭窄的通道时，我们突然来到了一个非常宽敞的空间。这个空间里一共有五六个洞口，四通八达的通道组成了极其复杂的迷宫。

"真是太惊人了，这里的通道简直就像蜘蛛腿一样，真没想到会有这么大的规模。这么看来，这个洞穴或许打通了整座岛的地下空间。"诸户有些无奈地感叹道。

"麻绳只剩下一点了，我们真能在麻绳用光之前走到终点吗？"

"恐怕很难啊。没办法，要是绳子真的用光，我们只能再一次折回去准备更长的绳子。不过，你可千万不要松手啊。要是遗失了这么重要的路标，我们可就要迷失在庞大的地下迷宫了。"

在烛光的映照下，诸户的脸色变得黑红。由于烛光低于他的下颚，以至于他面部的阴影与平日里截然相反，颧骨和眼睛上方都出现了陌生的阴影，让他看上去就像是变了个人似的。每说一句话，他那如同漆黑洞穴般的嘴巴都会张得奇大。

蜡烛微弱的光芒只能照亮面前两米见方的空间，就连岩石的颜色都看不清楚。白色的通道顶端有着诡异的突起，有些突起滴滴答答地滴落着水珠。这是一个钟乳石洞。

走了一会儿，通道又变成了下坡。下坡持续了很长一段距离，长得令我心慌。

诸户漆黑的背影在我面前晃晃悠悠地前进着，他手中的烛光随着身体的摇晃若隐若现。在朦胧的视野中,红黑色的岩壁仿佛正不断向后退去。

走了一会儿,顶端和两边的岩壁彻底消失不见了。我们又来到了一个开阔的地下空间。我心头一惊,突然意识到手上的线团几乎已经耗尽了。

"啊,绳子用光了。"

我下意识地说道。我并不认为自己发出多大的声音,但随之而来的回声让我震耳欲聋。仿佛四面八方都在小声重复着:"啊,绳子用光了。"这些都是来自地底的回声。

诸户也被这声音吓了一跳,赶忙掉转头,用蜡烛照亮我,询问我究竟是怎么回事。

摇摆不定的烛光照亮了诸户全身。瞬间,我只听到"啊"一声惨叫,诸户的身影就从我的视野范围内消失了,烛光也随之不见。远处传来的诸户叫声越来越微弱,声音回荡在一起,飘入我的耳中。

"道雄、道雄!"我慌忙喊着诸户的名字。

"道雄、道雄、道雄、道雄……"回声拉着长长的音,仿佛在嘲笑我的愚笨。

我彻底慌了手脚,试图摸索着追寻诸户的足迹,然而就在下一个瞬间,我脚下一空,重重地摔倒在地。

"好疼!"身下的诸户喊出了声。

怎么会这样!这里的地面突然低了六十厘米左右,以至于我们一前一后地摔了下去。诸户的肘部在摔倒时重重撞向地面,所以一时间没能立刻答复我。

"真是太惨了。"

漆黑中传来了诸户的声音。我听到诸户慢慢起身的声音,随着"咻"一声响起,诸户的身影再次浮现出来。

"你没有受伤吧?"

"我没事。"

诸户点燃火柴,再次向前走去。我也紧随其后。

然而,刚走出两三米,我突然停下脚步。我的右手竟然空空如也!

"道雄,快把蜡烛给我。"

我强忍着仿佛都要从嘴里跳出来的心脏,呼唤着诸户的名字。

"怎么了?"

诸户诧异地将蜡烛递过来,我一把夺过蜡烛,照着地面到处寻找着。

"没事的、没事的。"我一边找,一边喃喃自语道。

然而不管我再怎么找,仅凭昏暗的烛光根本找不到纤细的麻绳。

我不甘心,继续在这宽敞的地下洞窟寻找着。

似乎察觉到了什么的诸户突然跑过来,抓住我的手腕嘶哑地吼道:"你弄丢了绳子?"

"是的。"我有气无力地答道。

"完了,要是找不到绳子,我们可能这辈子都要迷失在地下迷宫了！"

我们彻底慌了手脚，一起埋头寻找起来。

我们是在地上有落差的区域跌倒，按理说只要去那里寻找即可。然而借着微弱的烛光，我们发现地面上竟到处都是落差，而且这个洞窟连通着不止一个洞穴，我们根本不知道是从哪个洞口进来的。我们越找越担心，感觉就像是为了找东西，而彻底迷失了方向一般。

后来，我才回忆起《即兴诗人》的主人公也曾有过同样的遭遇。森鸥外的知名译文生动形象地刻画出了少年的恐惧心理。

周围一片死寂，我们什么也听不到，只有断断续续的水滴，孤零零地滴落在岩石上……我看了画师一眼，只见他正气喘吁吁地原地绕圈子……我从未见过他这副模样，被吓得一跃而起，哭出了声……我拉过画师的手，吵着闹着要离开这里，要返回地面。画师拼命安慰我，说要为我作画、给我糖果与钱。说着，他还从衣袋里拿出钱包，把里面的钱币全都塞到我的手中。接过钱币时，我才发现画师的手冷若冰霜，不由得浑身一震……画师弯下腰吻了吻我，嘱咐我向圣母祈祷。我这才失声叫道："你是不是弄丢了线团？"……

即兴诗人很快就找到了线团，并顺利离开了地下墓穴。幸运之神又是否会眷顾我们呢？

麻绳断口

或许正因为我们没有像画师费德里科那样祈求神明庇佑,所以才没能像他一样轻松找到线团。

我们在寒冷的地下疯狂寻找了一个多小时,全身上下早已汗流浃背。绝望的情绪加上对诸户的愧疚,让我无数次跌坐在冰冷的岩石上掩面痛哭。若是没有诸户意志坚定的鼓励,恐怕我早已放弃寻找,直接坐在洞中等待饿死了。

住在洞窟里的巨型蝙蝠一次又一次用羽翼扑灭了我们的蜡烛。它们那长满绒毛的恐怖身躯一次又一次扑向蜡烛和我们的脸颊。

诸户耐心十足地一次次点亮蜡烛,在洞中有条不紊地寻找着。

"不要慌。麻绳就掉在这里,只要我们能保持冷静,就不可能找不到。"诸户凭借着惊人的执着继续寻找着。

很快,他的沉着冷静就让我们找到了麻绳线头。然而,这又是下一场悲剧的开端。

找到线头时,诸户和我都开心地跳了起来,甚至忍不住要欢呼万岁了。兴奋十足的我抓住线头,不断地向手边拉扯着,全然没有察觉麻绳竟仿佛变得可以无限延伸一样。

"真奇怪,怎么还没有拉到麻绳绷紧?"

站在一旁的诸户突然点出了问题。说来确实不对劲。我没能反应过来这究竟意味着怎样的不幸，而是将麻绳用力一拉。绳子就像蜿蜒的蝮蛇般向我飞来，我被打了个措手不及，直接跌坐在地。

"不能拉！"

就在我摔倒的同一时间，诸户大声叫了出来。

"绳子断掉了，不能拉。把绳子留在地上，我们顺着绳子走出去。只要是在途中断掉的，应该能带我们走到入口附近。"

按照诸户的意见，我们压低蜡烛，看着地上的绳子开始折返。但是……啊，怎么会这样！就在我们走到第二个宽敞洞穴的入口时，为我们引路的绳子彻底耗尽了。

诸户捡起线头凑近烛光，观察了好一会儿，然后将线头递向我道："你看看这个断口。"我不知道诸户是什么意思，犹犹豫豫地不敢上前。于是，诸户继续解释道：

"你是不是认为自己刚刚摔倒时用力拉拽了绳子，才导致麻绳断裂，为我惹了麻烦？放心吧，问题不在你身上。但现在我们要面临更棘手的问题。你看，这个断口绝不是被岩石磨断的，而是被利刃切断的。如果真是被你扯断的，那断口应该在距离我们最近的锋利岩石边上。然而现在看来，绳子应该是在入口附近被人切断的。"

我细细观察了一下麻绳断口，发现确实如诸户所言。为了验证绳子是不是在入口附近——也就是我们进入通道时，绑在井底石板处的绳结被人切断，我们把麻绳重新卷了起来，发现卷好的线团恰如最初时候的大小。显而易见，有人在入口附近切断了绳子。

我不知道自己拉扯了多长的绳子，粗略估计大概有十五六米吧。但如果绳子是在我们摔倒之前就被切断了，我们很有可能在不知不觉中拉着断裂的绳子走了好一段距离，以至于根本无法估计当前位置离入口还有多远。

"留在这里也是于事无补，我们先走走看吧。"

说着，诸户重新点亮一根蜡烛，带头走了出去。这个宽敞的洞穴有好几个岔路口。我们顺着绳子耗尽的方向直线前进，进入了正对面的洞口。入口应该就在这个方向。

接下来，我们又遇上了好几个岔路口，甚至还曾走上死胡同。折返回去后，我们彻底分不清刚刚是从哪里走过来的了。

我们还不止一次地走到宽敞的洞穴，却无法分辨这里是不是刚刚出发的地方。

就连绕着单个洞穴一圈就能找到的线头都花了我们那么多功夫，不难想象此时此刻的我们是多么心力交瘁。一旦踏入这个岔路口环环相扣的迷途森林，就再也出不去了。

诸户说，只要我们找到一点点光就行，顺着光走，就一定能找到入口。然而，我们就连黄豆粒大小的光源都找不到。

我们像没头苍蝇似的走了一个多小时，已经彻底无法分辨现在究竟是在走向入口，还是走向更深的洞穴，以及当前究竟身处小岛的哪个方位。

很快，我们又走过了一段漫长的下坡，等待在前方的又是一个宽敞的地底洞穴。洞穴中间有个平缓的上坡，我们顺着坡路爬上一个小平台，然而却被岩壁挡住了去路。身心俱疲的我们一屁股坐了下来。

"说不定我们一直在同一个地方打转。"我沮丧地道出了内心的真实想法，"人真是脆弱。不过是这么一座小岛，绕上一圈也没有多远。就在我们的上方，隔着泥土就是闪耀的太阳、宅院和住户。然而我们连冲破这不过二三十米泥土的力气都没有。"

"这就是迷宫的可怕之处。有个展览叫"迷途森林"，里面只有二十米见方的竹林，透过竹林缝隙甚至能看到出口，但你却怎么也走不过去。现在我们就是中了这样的魔法。"诸户的语气倒是恢复了往日的平静，"这种时候慌也没有用，我们要冷静思考才行。不是用腿来找寻，而是靠头脑走出去。我们必须认清迷宫的本质才行。"

说着，诸户用蜡烛点燃了走进通道后的第一支烟，随后表示要节约蜡烛，便吹灭了烛火。在伸手不见五指的黑暗中，唯有烟头亮起了红色的光。

烟瘾成性的诸户在进入井底前，从行李箱中取出一包西敏香烟放进口袋。抽完一支后，他没有浪费火柴，而是直接用这支烟点燃了另一支。直至第二支香烟烧到一半时，我们都在黑暗中一语不发。诸户似乎在思考着什么，我却气力全无，彻底瘫软在冰冷的岩壁上。

魔窟之主

"只能这么办了。"诸户的声音突然在黑暗中响起,"你觉得这个洞穴的所有岔路加在一起,一共有多长?四公里?八公里?总不可能再长了吧。假设真的有八公里,我们只要加倍走上十六公里,就一定能够走到外面。我相信这是征服迷宫这个怪物的唯一方法。"

"但如果我们一直原地转圈,无论走上多少公里都出不去啊。"此时的我已经近乎绝望。

"但我们有办法避免这个问题。我是这么想的,假设我们把长绳系成一个圆环放在地上,再用手指捻出各种弯弯绕绕,绳子系成的圆环就会变得像红叶一样结构复杂。这个洞穴不正是这样吗?洞穴两边的岩壁就像绳子一样。如果这个洞穴真能像绳子一样自由伸缩,那么只要拉扯岔路两边的岩壁,就能让它还原成一个硕大的圆形。没错吧?就像捻出来的弯弯绕绕还原为原本的圆形一样。

"那么如果我们用右手贴着右侧岩壁一路往前走,走到尽头后再用右手贴着左侧向前走,一条路走上两次。只要墙壁是一个硕大的圆形,只要我们坚持走下去,就一定能够到达出口。就算所有岔路加在一起一共八公里,只要我们加倍走上十六公里,就一定能回到原本的出口。这样看似绕远，但已经是唯一的方法了。"

听到这个妙计，本已陷入绝望的我一跃而起，赶忙催促道："太对了，我们这就出发吧！"

"我们确实要出发，但不必急于一时。接下来不知道还要走上多少公里，还是先好好休息一下吧。"说着，诸户将即将燃尽的烟头用力扔了出去。

红色的火光就像旋转的烟花一样转了几圈，一路被甩飞到五六米远的地方，随后扑哧一声消失了。

"咦，那里有水洼吗？"诸户有些担心地问道。

与此同时，我也听到了奇怪的声响。那声音咕嘟咕嘟的，就像瓶口倒水一样，听起来奇怪极了。

"似乎还有怪声。"

"怎么回事？"

我们全都竖起了耳朵。声音越来越大了。诸户匆忙举起点亮的蜡烛，照着前方打量了一会儿，突然尖叫起来："水，是水！这个洞穴连着大海，海水涨潮了！"

我这才想起，我们刚刚确实走了很长一段下坡路。说不定这里的地势比海平面还要低。如果真的低于海平面，那么随涨潮涌入的海水会使这里的水位不断升高，直到与洞外的海平面持平。

由于我们正坐在这个洞穴中最高的平台上，所以压根没有注意水位离我们只剩下三四米远。

我们跳下平台,快步在水中原路折返,但是……啊,一切为时已晚。诸户的沉着反而帮了倒忙。随着我们的前进,水位越来越高,来时的洞口已经被海水淹没。

"寻找其他洞口吧。"我们一边口不择言地胡乱喊叫着,一边游走在洞穴周边寻找其他出口。但奇怪的是,水面上竟一个洞口也没有留下。我们就像不幸地掉进了温度计的底端,根本无路可逃。我猜测海水应该是从我们来时洞口的另一边流进来的。快速升高的水位让我们彻底慌了手脚。如果仅仅是因涨潮而灌入海水,应该不会升得这么快。除非这个洞窟原本就低于海平面。就像是只有退潮时会在海面上出现的岩石裂缝一样,一旦涨潮,海水就会立刻将其吞没。

就在我胡思乱想之际,水位已经悄无声息地升到了我们避难的平台下方。

环视周围,我这才发现四面八方都有诡异的踪影正在蠕动。我们举起蜡烛,原来是五六只巨大的螃蟹为了躲避海水,爬了上来。

"啊,是了,肯定是这样。蓑浦,我们没救了。"诸户似乎想到了什么,突然痛心疾首地喊道。

听着他悲痛的声音,我的内心就像被掏空了一样。

"魔窟的漩涡灌进了这里。这些海水都是从魔窟灌进来的。这样就能说得通了。"诸户声嘶力竭地喊着,"那个渔夫曾对我们说过,有个自称是丈五郎同胞兄弟的人来到诸户大宅,没过多久就浮尸魔窟。他应该也是在机缘巧合下看到了那段暗号，并破解了其中的秘密，随后像我们一样进入了这个洞穴，就是他打破了井底的石板。他也在洞窟里迷了路，像我们一样被海水吞没，最终丧命。退潮后，他的遗体被冲出了魔窟。渔夫不是说了吗？他的浮尸就像是从洞穴里冲出来似的。所谓的魔窟之主，指的正是这个洞穴。"

话音未落，海水已经冲到了我们膝盖附近。无奈之下，我们只能站起身，尽可能延缓被海水淹没的时间。

暗中游泳

儿时，我用捕鼠器抓到老鼠后，曾连笼子和老鼠一起放入盆中，然后放满水淹死老鼠。用火筷子刺穿老鼠喉咙等方式实在太过可怕，我没有勇气下手。但其实，淹死也是非常残酷的杀害方式。随着盆里的水位不断上升，老鼠在狭窄的笼子里上蹿下跳，试图逃生。一想到老鼠现在肯定后悔被捕鼠器上的诱饵吸引，我就产生了一种复杂的心情。

但我毕竟不能将老鼠放生，只能不断向盆里加水。当水位即将没过笼子顶端时，老鼠会将浅红色的嘴巴从交错的铁笼缝隙中伸出，一边喘着粗气，一边发出凄厉的叫声。

我闭着眼睛加入最后一桶水后，就逃一样地离开了，根本没有勇气再看一眼盆。过了十分钟左右，当我再次战战兢兢地走进房间，发现老鼠的尸体已经漂浮在了笼中。

此时，身处岩屋岛洞穴内的我们与那只老鼠的处境几乎一模一样。当我站在洞穴高处，感受着海水在黑暗中顺着我的脚部不断上升时，我突然想到了儿时杀死的那只老鼠。

"涨潮的海面和这个洞穴的顶端哪个更高啊？"我摸索着抓住了诸户的手腕大声叫道。

"我也正在考虑这个问题。"诸户平静地答道，"只要想想我们一路走来，上坡和下坡哪个更多，应该就能得出答案了。"

"我觉得明显是下坡比较多啊。"

"我也是这么认为的。即使减去陆地与海面的距离，应该也没有我们走的下坡路多。"

"看来我们没救了。"

诸户没有回答。我们站在如同墓穴般的黑暗与沉默中怅然若失。水位一点一点地攀升着，已经没过我们的膝盖，直逼我们的腰间。

"你能不能想想办法？我实在不想继续在这里等死啊！"我一边忍耐着刺骨的寒冷，一边惨叫道。

"等一下，现在还不是绝望的时候。我刚刚借助烛光仔细看了一下，这个洞穴是个不规则的圆锥体，越往上越狭窄。只要狭窄的顶端没有岩石缝隙，那我们就还有一线生机。"诸户想了想这样说道。

我不太理解他的意思，但实在无力反问。此时水位已经升到了我的腰腹部，我不得不抓住诸户的肩膀，才能勉强站稳。要是一不小心滑上一跤，就会直接栽倒在水里。

诸户搂住我的腰，紧紧拥抱着我。虽然周围一片漆黑，我根本看不清离我只有十厘米不到的诸户，但能感受到他那平稳有力的温暖气息吹到我的脸上。通过被海水打湿的衣服，诸户那结实的手臂正紧紧将我拥抱。诸户的体味环绕在我的四周，而我并不厌恶这股气息。这一切都为黑暗中的我注入了力量。正是有了诸户的帮助，我才能稳稳站立。要是没有他，估计我早就淹死了。

然而水位还在不断上升，很快就超越腰腹，没过胸口，直逼我们的喉咙。再过一分钟，水位就会没过我们的口鼻，到时我们只能保持游动，这样才能勉强呼吸。

"不行了。诸户，我们要死了。"我声嘶力竭地喊叫着。

"不要绝望。不到最后一刻，都不要绝望！"诸户也毫无缘由地喊道，"你会游泳吗？"

"会是会，但我已经不行了，我现在只想尽快解脱。"

"别说泄气话啊。其实情况没有那么严重。只不过黑暗会夺去人的勇气而已。坚强一点，竭尽全力活下去吧。"

很快，我们彻底漂浮起来，必须一边蹬水一边呼吸。

要不了多久，我们的手脚就会失去力气。虽说是夏日，但地底的彻骨严寒早晚会让我们冻僵。就算没有冻僵，当水位升到洞穴顶端之际，我们又该怎么办呢？我们可不是能在水里生存的鱼儿啊。即便诸户一直在鼓励我,但软弱的我仍在胡思乱想中深陷绝望。

"蓑浦、蓑浦!"

诸户的用力拉拽让我瞬间清醒过来,原来我竟在朦胧之间沉入了水中。

只要重复几次这样的过程,我的意识就会彻底模糊,这样就能死去了。什么嘛,原来赴死竟如此轻松。

朦胧中,我半梦半醒地这样想到。

不知道过了多久,仿佛恍如隔世,又仿佛只在弹指一挥间,诸户疯狂的喊声让我清醒过来。

"蓑浦,得救了,我们得救了!"

但我根本无力作答,只是虚弱地抱了抱诸户,试图告诉他我听到了他的话。

"喂、喂!"诸户一边在水中摇晃我,一边继续说道,"你觉不觉得呼吸变得不一样了?气流是不是和刚才不同了?"

"嗯、嗯……"我迷迷糊糊地应答着。

"水位停止上升了,水流停下来了!"

"退潮了!"

这个好消息让我彻底清醒了过来。

"或许是吧,但我认为应该还有别的理由。气流发生了变化,意味着空气已经无处流通,气压使得水位无法继续上升了。你看,刚刚我不是说这里的顶端狭窄,只要没有裂缝,我们应该就能得救吗？我从一开始就想到了这点，是气压救了我们。"

这个洞穴虽然困住了我们，但其本身的性质反过来救了我们的命。

接下来的情况实在过于冗长，且允许我草草略过吧。逃过海水倒灌的我们继续开始了地底之旅。

虽然距离退潮还有一段时间，但在意识到没有性命威胁后，我们明显精神了许多。在短时间内维持漂浮并非难事。不知过了多久，海水终于退潮了。水位飞速下降，如同上升的时候一样。这些水似乎是从比洞穴更高的地方灌进来的（当水位涨到一定高度，就会一口气涌进来）。这些水并非是从入口处消退，而是透过洞穴地面大量不明显的缝隙快速渗出。要是没有这些缝隙，这个洞穴肯定会终年被海水灌满。几十分钟后，我们终于站在了海水完全退去的地面上。我们得救了。然而我们的故事虽然不似小说般跌宕起伏，但同样是一波未平一波又起。刚刚的海水打湿了我们所有的火柴。即使有蜡烛，我们也没办法点燃。虽然周围伸手不见五指，但我相信，当我们察觉到这个问题时，两个人一定都是脸色惨白。

"我们可以用手摸索着前进。别担心，我们的眼睛已经适应了黑暗，就算没有光也没事。用手摸索说不定对方位更加敏感呢。"诸户用略带哭腔的声音逞强说道。

绝望

按照诸户之前的提议，我们用右手摸着右侧岩壁前进，走到尽头后再摸着另一侧的岩壁返回。总之无论走到哪里，都不能松开右手。这是我们仅存的逃离迷宫的方法。

除了偶尔呼唤对方以免走散，我们一直在无尽的黑暗中默不作声地行走着。我们身心俱疲、饥饿难耐。然而等在前面的又是无尽的归途。走着走着（在黑暗中仿佛在原地踏步一样），我时常会坠入云里雾里。

朦胧中，我仿佛正置身于百花盛开的春日原野。这里有白云飘浮在空中，云雀在耳畔婉转地啼鸣。我看到死去的初代正在摘花，她那鲜活的身影就像是从地平线上浮现出来一样。双胞胎小秀也在那里，恼人的小吉并没有出现在她的身边。她就是一个普普通通的漂亮女孩。

或许幻觉是在抚慰将死之人吧？幻觉抚平了身体的伤痛，维持着我脆弱的神经，缓和着足以让人崩溃的绝望。然而，能在行走途中看到这样的幻觉，足以证明当时我与死神只有一线之隔。

不知道走了多长时间，也不知道走了多久。我只知道时刻紧贴岩壁的右手指尖都被磨破了。双腿似乎已经变成了机械，我根本感觉不到是在自立行走。我甚至怀疑自己或许再也停不下来了。

我们应该已经走了一天，甚至两三天都有可能。每当我被绊倒并陷入沉睡时，都会被诸户唤醒，再次饱受折磨。

终于，诸户的体力也耗尽了。他突然喊了一声"别走了"，随后蹲了下来。

"我们终于可以赴死了？"我迫不及待地问道。

"嗯，是啊。"诸户若无其事地答道，"其实细想一下，就知道不管我们怎么走，都不可能走出去。我们已经走了至少十五公里。即便这条地下通道再怎么长，也不可能有这么遥远吧？这根本不对劲。我算是想明白了，我真是太蠢了。"

诸户深深地叹了口气，语调悲伤得宛若垂死的病人。

"我一直把注意力集中在指尖，试图记忆岩壁的形状。这种记忆确实无法保证准确，也可能是我记错了，但我总觉得过上一小时左右，就会触摸到形状完全相同的岩壁。也就是说，我们从很久之前就在同一个地方打转。"

在我看来，这一切都无所谓了。我能听到诸户在说话，但大脑却早已无力思考。但诸户仍像发布遗言般喃喃自语道：

"我真是太蠢了，竟没想到这段复杂的迷宫中可能存在没有尽头、彻底形成了闭环的通道。这里就像是迷宫中的离岛。如果用绳圈来比喻，就是在边缘凹凸不平的大型绳圈中，存在一个小的绳圈。如果我们的出发点正好位于小绳圈的边缘，那么即便这面岩壁凹凸不平，我们仍旧找不到尽头，只能一直绕着离岛不停打转。或许我们可以松开右手,用左手贴着左侧前进,但离岛未必只有一个。如果我们碰到的是另一座离岛的岩壁,那又是无尽的循环。"

这段话看似脉络清晰,但当时诸户一边琢磨,一边呓语般嘟嘟囔囔地说着,我则是听得云里雾里。现在想来,这一幕实在滑稽。

"从理论上来说,我们有百分之一的概率逃脱。只要碰巧找到最外侧的大型绳圈就行。但现在的我们已经没有那么大的精力,我甚至连一步都迈不动了。我已经彻底绝望了,就让我们一同赴死吧。"

"嗯,赴死吧,这才是最好的选择。"我淡然答道。只要能让我睡一觉,要我做什么都行。

"赴死吧、赴死吧。"诸户也重复着这不吉利的词语。他的声音逐渐变得含糊不清,整个人都瘫软了,仿佛麻醉剂逐渐生效一样。

然而强大的求生欲并没有让我们因为这点挫折而死去。我们陷入了沉睡。随着绝望袭来,进入洞穴后从未合眼所致的疲劳将我们彻底压垮。

复仇鬼

不知睡了多久,我梦到胃部火烧火燎地疼痛,随后就惊醒了。我活动了一下身体,全身上下的关节全都隐隐作痛。

"你醒了?我们还在洞穴里,我们还活着。"察觉到我起身后,先一步醒来的诸户温和地说道。

意识到我们仍旧存活在没有水源与食物的无尽黑暗中,我瞬间不寒而栗。我真恨自己的头脑会因为睡眠而重新清醒过来。

"我好怕,真的好怕。"我摸索着找到诸户,一下子扑了上去。

"蓑浦,我们再也无法回到陆地了。没有人能够找到我们,就连我们都看不到彼此。即使死在这里,恐怕也没有人能够找到我们的遗骸。这里没有光,同样也没有法律、道德与风俗。这里的人类早已灭亡,与陆地上完全是另一个世界。即使死亡随时都会降临,我也希望能在这短暂的时间里将你铭记于心。现在的我们无须受到廉耻、礼义、伪装与猜疑的约束。我们就像诞生在这个黑暗世界的婴孩,而这世界再无他人。"

诸户一边说着散文诗般的话语,一边拉过我,紧紧搂住我的肩膀。他歪了歪头,摩挲着我的脸颊。

"有件事情我一直没有告诉你。但这是出于人类社会的风俗与伪装,而这里没有隐瞒与羞涩。这件事关于我的父亲,没错,我就是要咒骂那个禽兽不如的家伙。听了这些,你或许会看不起我。但对现在的我们而言,什么父母朋友,全都变得像是前世的一场梦。"

说着,诸户讲起了一个恐怖到令人难以相信的稀世阴谋。

"你知道,住在诸户大宅时,我每天都在另一个房间与丈五郎争执。在此期间,我打探到了他的秘密。

"诸户家的上任家主侵犯了一个怪物般的佝偻女仆,随后女仆便生下了丈五郎。家主当然有正室妻子,他完全是一时兴起才侵犯了那样的怪物。见女仆竟诞下一个比她还要丑陋的残疾孩子后,丈五郎的父亲非常愤怒,便用钱打发了这对母子,将他们赶出了小岛。由于不是正室妻子,丈五郎的母亲只得使用娘家姓氏——诸户。虽然现在的丈五郎已然成为樋口家的家主,但出于对健全人的憎恨,他不愿使用樋口的姓氏,坚持称自己为诸户。

"带着刚出生不久的丈五郎,母亲一边在本岛的深山里过着乞丐般的生活,一边憎恨世界、诅咒世人。一声声诅咒成了丈五郎幼年时期的摇篮曲。他们就像野兽一样,畏惧并憎恨着健全人。

"丈五郎讲述了他从小到大经历的种种苦难,以及世人对他的压迫。他的母亲留下诅咒的话语,最终撒手人寰。成年后,丈五郎在机缘巧合之下来到岩屋岛,发现樋口家的继承者——也就是他同父异母的哥哥留下美丽的妻子与刚出生没多久的女儿去世了。丈五郎便乘虚而入，霸占了这个家。

"不幸的是，丈五郎爱上了自己的嫂子。他利用家主的身份，无所不用其极地游说嫂子嫁给自己，然而嫂子却冷冰冰地表示与其嫁给他，自己宁肯去死，随后便带着孩子逃离了岩屋岛。说这番话时，丈五郎咬紧牙关、脸色铁青，连身体都在不住地打战。自此，本就因为嫉妒而诅咒健全人的他，彻底沦为了憎恨这个世界的恶鬼。

"他四方打听，找到了一个比自己还要严重的残疾姑娘结婚，这是他迈上向全人类复仇的第一步。随后，只要找到残疾人，他就会将其带回家豢养。只要有孩子诞生，他就会祈祷孩子是个异常无比的残废，而不是健全人。

"然而命运是多么喜欢恶作剧啊。残疾父母竟然生下了我——一个健全无比、与他们截然不同的人。他们全然不顾骨肉亲情，甚至憎恨起健全的我。

"随着我不断成长，他们对世人的憎恨日益加深。最终，他们制定了一个令人毛骨悚然的阴谋。他们用尽各种手段，购买远方刚出生不久的穷人家孩子。那些婴孩越是可爱漂亮，他们就越是满意。

"蓑浦，若不是置身于这无尽黑暗之中，我根本没有勇气告诉你，他们的计划就是制造残疾人。

"你有没有看过中国的小说《虞初新志》？里面就有为了将孩子卖到马戏团表演，而将婴儿塞进箱子、刻意制造残疾人的故事。我在雨果的小说里，也曾看到一位法国医生从事过同样的买卖。或许每个国家都曾出现过故意制造残疾人的事情吧。

"丈五郎并不知道这些小说，他只是与小说的作者不谋而合罢了。他的目的并非赚钱，而是报复健全人，因此他的偏执远胜于其他商人。他将孩子塞进只能露出头的箱子里，让孩子不再生长，变成'一寸法师'般的侏儒；他撕掉孩子面部的皮肤，植入其他皮肤，制造'狼人'；他切断孩子的手指，让孩子变成只剩下三根手指的断指人。这些'成品'都被他卖给了到处表演的艺人。前几天那三个男佣装箱出海，正是为了将残疾人带出去贩卖。他们会将帆船停靠在没有码头的沙滩，然后翻山越岭寻找其他坏人交易。我正是知道了这些，才说他们在几天内不会回来。

"就在丈五郎刚开始这项计划没多久的时候，我提出要进入东京的学校求学。父亲同意了我的请求，但同时命令我必须成为外科医生。仗着我对内情一无所知，他冠冕堂皇地提出这是为了研究治疗残疾人，实则是为了研究如何制造更多的残疾人。每当我造出双头蛙或把尾巴移植到鼻子的老鼠，他都会兴奋地写信激励我。

"之所以不允许我返乡，是因为他担心早已增长见闻的我发现他制造残疾人的阴谋。他认为此时还不适合向我吐露实情。我不难想象他是如何训练马戏团的友之助成为得力助手。毕竟他所制造的不仅有残疾人，还有披着人皮的嗜血恶魔。

"这次我突然返乡，指责父亲是杀人凶手，他竟跪倒在我面前，第一次向我祖露残疾人所受到的种种不公平待遇，并流着泪祈求我参与他的复仇大计。他希望我能提供身为外科医生的智慧。

"多么可怕的痴心妄想！父亲希望除掉所有健全人，让全日本只剩下残疾人。他妄图打造一个只有残疾人的国度。他还说，这是子孙后代都必须遵守的诸户家的规矩。就像通过雕刻天然巨岩，打造出了岩屋旅店的老翁一样，他要子孙后代继承自己的复仇大计。真是恶魔的妄想，魔鬼的乌托邦！

"我很同情父亲的遭遇。但是再怎么同情，我也不可能帮他做出将无辜的孩子塞进箱中、剥去面皮、卖入马戏团等残忍的地狱行径。而且我对他的同情仅止于理论，情感上根本无法认同。说来也怪，我根本无法将他当作亲生父亲，对母亲也是一样。毕竟哪有母亲会觊觎自己的孩子。那对夫妻是与生俱来的魔鬼与牲畜，他们的心灵与身体同样扭曲。

"蓑浦，这就是我的父母，我是他们——将比杀人更加残忍的行径当作终身事业的魔鬼的孩子。我该如何是好？是该悲伤吗？但这悲伤未免太过沉痛。是该愤怒吗？但这愤怒中包含着太多憎恨。

"说实话，当你在洞穴中弄丢了引路的线头，我竟如释重负。若是能永远留在这黑暗的世界，该是多么幸福的事啊。"

诸户一边滔滔不绝地说着，一边用颤抖的双手用力抱紧我的肩膀。他的眼泪顺着我们紧贴的双颊不断滑落。

这突如其来的异常告白让我判断力尽失，只得蜷缩着身体，任诸户予取予求。

人间炼狱

听了诸户的告白，我忍不住要提出一个质疑。但为了避免被他认为我只顾自己，我决定等他平复心情。

我们在黑暗之中默不作声地拥抱着彼此。

"我真是太蠢了。这个地底世界没有父母亲人，更没有道德与廉耻。现在再怎么激动，也是于事无补。"

过了一会儿，终于找回冷静的诸户低沉地感叹道。

"那小秀和小吉那对双胞胎……"我忙不迭地问道，"他们也是被制造出来的残疾人？"

"当然。"诸户毫不犹豫地说道，"在看到那本诡异的日记时，我就已经意识到了这一点。通过那本日记，我也已经察觉到了父亲究竟要做什么，以及他为何让我学习如此独特的解剖学。但我不愿将这些告诉你。我可以承认自己的父亲是杀人魔，但我无法亲口说出他在刻意制造畸形。我甚至害怕提及这个话题。

"你不是医生，所以不明白，但我们一眼就能识破小秀和小吉并非与生俱来的双胞胎。连体双胞胎注定是同性，因为同一个受精卵不可能生出一男一女的双胞胎。更何况哪有双胞胎的长相与体格差异那么大。

"他们还是婴儿的时候,各被切掉一块皮肤,随后彼此的肉体被强行缝合到了一起。只要满足条件,这并非天方夜谭,甚至要是运气好,就连外行都能轻易做到。但他们之间的连接并不像我想象得那么深,完全可以通过手术轻松分离。"

"那他们是为了被卖到马戏团而刻意制造的连体人?"

"是的。之所以让小秀学习三味线,就是为了等待时机成熟后卖个好价钱。现在你知道小秀不是残疾了,肯定很开心吧,对不对?"

"你是在嫉妒吗?"身处天外之境,我也变得大胆起来。正如诸户所言,这里没有礼义,更没有廉耻。反正我们都将死在这里,不管说什么都无所谓。

"我当然嫉妒,你猜得太对了。啊,你根本猜不到我的嫉妒持续了多久!这正是我向初代小姐求婚的理由之一。她遇害之后,看到你悲痛欲绝的样子,我不知道有多么痛心。但是无论是初代小姐、小秀,还是其他任何女性,你都再没有机会见到了。你我是这个世界唯一的人类。

"啊,我真是太高兴了。感谢神明将我们囚禁在了另一个世界。我从一开始就没想活下去,完全是替父赎罪的责任心推动着我前行。与其让我顶着恶魔之子的名号活活受辱,不如拥抱着你一同死去。蓑浦,请你忘记陆地上的风俗,抛弃陆地上的廉耻,接受我的心意与爱慕吧!"

诸户再次陷入癫狂。他的心意实在有违人伦，让我不知道该如何作答。一想到我要与年轻女性以外的对象恋爱，我就不寒而栗、厌恶至极，相信每个人都是如此。我不介意与朋友产生躯体上的接触，甚至以此为乐。然而一旦友谊转为爱情，同性的躯体也会令我作呕。这便是爱情排他性的一面——同性相斥。

诸户是个可靠的朋友，我也很欣赏他。但越是如此，我就越无法将他视作恋爱对象。即使直面死亡的我已然自暴自弃，却无论如何都无法扭转这份厌恶之情。

我一把推开逐渐靠近的诸户，转身逃走了。

"啊，即使到了这一刻，你还是无法爱上我？无法接受我至死不渝的爱慕？"

失望之下，诸户一边号啕大哭，一边向我追来。

一场没羞没臊的地下捉迷藏拉开了帷幕。啊，这是多么令人羞耻的场面啊。

此时我们正身处一个相对宽敞的洞穴。我逃开了十多米远，蹲在黑暗的角落屏住呼吸。

诸户那边也是毫无动静。不知他是在竖起耳朵找寻我的气息，还是像贴着墙壁前进的盲蛇一样，正在无声无息地靠近他的猎物？无论如何，都显得如此突兀，如此诡谲。

我就像一个失去了视力与听力的人，独自在黑暗与寂静中瑟瑟发抖。与其花时间做这种事，就不能把精力放在逃离洞穴上吗？诸户该不会是为了实现自己那异常的恋情，选择放弃本可以得救的性命吧?

这样的念头一闪而过。不过,我完全没有能力在黑暗中独自旅行。

就在此时,我惊觉"盲蛇"已然来到身边。难道他能在黑暗中捕捉到我的身影?抑或是他拥有五感之外的感官?他牢牢抓住想闻声逃走的我的脚踝,手上仿佛粘了胶水一样牢靠。

我一个踉跄,跌倒在了岩石上。"盲蛇"顺着我的身体爬了上来。我甚至开始质疑这异常的莽兽是否真是诸户,他所散发出的诡异兽性早已超脱了人类的范畴。

我害怕地呻吟着。

一种不同于死亡,却远胜于死亡的恐惧之情油然而生。

一种埋藏在人心底、令人毛骨悚然的情感如同海怪般诡异现身。

这一幕宛如地狱绘卷,一个刻画着黑暗、死亡与兽欲的人间炼狱。

不知不觉中,我变得无力挣扎,甚至不敢发出声音。

一副火辣辣的面颊贴上了我因为害怕而直冒冷汗的面庞。伴随着粗重的喘息,一种异常的体味扑鼻而来,黏腻、柔滑又炙热的黏膜如水蛭般在我的面部游走,寻找着我的唇瓣。

现如今,诸户道雄已经过世,我不愿说死者的坏话,所以就不赘述了。

就在此时,突然发生了一件怪事,令我侥幸逃过一劫。

洞穴的另一端突然传来了奇怪的声响。我早已适应了蝙蝠和螃蟹的响动，但那声响并非小动物所能发出的，而是来自更加庞大的生物。

诸户松开了我的手，我也停止反抗，与他一起侧耳聆听起来。

意外之人

诸户放开了我。出于动物的本能，我们集中注意力准备迎击外敌。

我竖起耳朵，听到了生物的呼吸声。

"嘘！"

诸户像训犬一样呵斥了一声。

"我就知道，是不是有人在那里？喂，没错吧？"

没想到那生物竟然会说话，声音听上去很是老成。

"你是谁？为什么会来到这里？"诸户开口问道。

"你又是谁？为什么会来到这里？"对方同样反问道。

不知是不是因为洞穴的回声让声音发生了变化，我只觉得这声音非常熟悉，却怎么也想不起来是谁。在彼此试探中，我们纷纷陷入沉默。

我可以清楚地听到对方的呼吸声，他正在一步步地向我们靠近。

"你们该不会是诸户大宅的客人吧?"

声音在两米开外的距离响起,低沉的声音听上去非常清晰。

我终于对上了号。但这个人应该已经死了,而且是被丈五郎杀死的……这是死者的声音。瞬间,我陷入了一种错觉,仿佛我们早已死去,这座洞窟也是货真价实的地狱。

"你是谁?难道……"

我话音未落,对方就开心地叫了起来。

"啊,我就知道,你是蓑浦先生吧?另一位肯定是道雄少爷!我是阿德,被丈五郎杀害的阿德!"

"啊,原来是德叔。你怎么会在这里?"

我们下意识地奔向声音所在的方向,相互摸索着对方的身体。

德叔的船在魔窟附近被丈五郎推落的巨石打翻了,但德叔并没有死。当时恰逢涨潮,他的身体被冲入魔窟洞穴。随着潮水退去,他被独自留在了黑暗的迷宫,顽强地存活至今。

"你的儿子呢?代替我上船的儿子呢?"

"不知道,可能已经被鲨鱼给吃了吧。"德叔有气无力地说道。

这也难怪,就连他自己都变得像活死人一样,再无重见天日的希望。

"我害得你们这么惨,你肯定恨透我了吧?"我向德叔表达了歉意。

但在这种充满着死亡气息的洞穴中,任何道歉都显得虚伪无比。德叔什么也没说。

"你们似乎都很虚弱,一定是饿坏了吧?这里有一些我吃剩的东西,你们快拿去果腹吧。不必担心食物问题,这里有大量肥美的螃蟹。"

我刚刚还在质疑德叔是怎么活下来的,现在才明白原来是依靠螃蟹为生。我们吃掉了从德叔手中接过的蟹肉。冰冷软烂的蟹肉就像咸咸的果冻一样,味道好极了。这真是我有生以来吃过的最美味的一餐。

我们请德叔又帮忙抓了几只大螃蟹,用岩石敲碎蟹壳,狼吞虎咽地吃了下去。现在想想,这样做既恶心,又不卫生,但那时敲碎还在挣扎的肥美蟹腿,吮吸其中的软烂蟹肉,都让我们产生了正在品尝人间珍馐的错觉。

填饱肚子后,我们多少恢复了一些,便与德叔攀谈起彼此的遭遇。

"看来我们至死也别想走出这个洞穴了。"听完了我们的悲惨经历,德叔绝望地叹了口气。

"只怪我选错了路。早知如此,我就该拼老命顺着洞口游到海上。当时我担心被卷入漩涡肯定会丢了性命,便没有游向海上,而是游进了洞穴中。真没想到这个洞穴竟是比漩涡可怕千百倍的迷途森林。等我意识到这一点并试图折返时,我已经彻底迷了路,根本找不到原本的洞口。不过能在摸索之际遇上你们,真是不幸中的万幸啊。"

"既然找到了食物,我们就不必绝望了。无论花上几天还是几个月,哪怕百分之九十九都是原地打转,只要有百分之一的可能性侥幸逃生,我们就还有希望!"

队伍的扩大和螃蟹生肉让我瞬间来了精神。

"是啊,你们肯定都盼着重见天日吧,我真是太羡慕你们了。"诸户突然悲伤地感叹道。

"怎么这么说?难道你不想活命吗?"德叔疑惑地问道。

"我是丈五郎的儿子,是个犯下血案、人为制造畸形的恶魔之子。我害怕站在阳光之下,害怕在重见天日之际,面对无辜的健全人。或许这黑暗的地底才是最适合恶魔之子的居所。"

可怜的诸户,他肯定还在为刚刚对我做出的可怕行径而羞愧吧。

"原来如此,但你什么都不知情啊。其实你们刚一上岛,我就有话想告诉你。你还记得那日黄昏,我蹲在海边目送着你们吗?但我害怕遭到丈五郎的报复。要是惹怒了丈五郎,我就没办法继续生活在这座岛上了。"

德叔的话语非常奇怪。他曾是诸户家的佣人,应该知道一些关于丈五郎的秘密。

"你要告诉我什么?"诸户挪动了一下身体,开口反问道。

"你不是丈五郎的亲生儿子。反正事已至此,我就直说了吧。你是丈五郎从本土拐回来的孩子。你好好想想，那对丑陋的残疾人怎么可能生出像你这样俊俏的孩子？他们真正的孩子正打着马戏团的名义四处巡演呢。那是与丈五郎一模一样的驼子。"

相信各位读者应该记得，那日北川刑警追随尾崎马戏团到达静冈县的一座小镇时，曾通过拉拢"一寸法师"，打探关于"阿爸"的消息。"一寸法师"表示，马戏团的团长并不是阿爸，而是另一个年轻的驼子。此人才是丈五郎真正的孩子。

德叔继续说道："他原本也想把你变成残疾人，但那个驼子老妇非常喜欢你，你这才得以健康成长。你长大一些后，他们发现你天资聪慧，丈五郎就放弃了弄残你的念头，将你视作自己的孩子教授学问。"

为什么会将诸户当作自己的孩子？是因为要达成自己的魔鬼意图，丈五郎需要亲生父子这种斩不断的关系。

原来诸户道雄并非恶魔丈五郎的孩子，这突如其来的事实令我们目瞪口呆。

灵魂的引导

"请你、请你说得再详细些！"诸户声音嘶哑地催促道。

"从我父亲那一代起，我家就一直在为樋口家做事，直到七年前我受够了那个驼子的所作所为，才离开那个可怕的家。我今年正好六十岁，亲眼见证了五十年来樋口一家的动荡经历。我会讲给你听，你不要着急。"

说着，德叔一边回忆，一边讲起了樋口家——也就是现在诸户家五十年来的过往。但是详细描述这些事情未免冗长，我便依照时间顺序将其罗列了出来。

1866年前后——樋口家的上任家主万兵卫侵犯了丑陋的残疾女佣，生下了海二。由于诞下一个比母亲还要丑陋的驼子，万兵卫愤怒之余，将母子二人赶了出去。他们隐居本岛山中，过着野兽般的生活。带着对世人的诅咒，母亲在山中过世。

1877年——万兵卫与正室妻子的孩子春雄迎娶了岛外的姑娘琴平梅野。

1879年——春雄和梅野生下了女儿春代。没过多久，春雄就因病逝世。

1887年——海二以诸户丈五郎之名返回岛上，霸占了樋口家。见家中只剩下女主人梅野，便为所欲为起来。不仅如此，他还意图对梅野做出有违人伦之事，于是梅野带着女儿春代逃回了娘家。

1890年——因失恋而更加憎恨世人的丈五郎找到一个丑陋的驼子女性结婚。

1892年——丈五郎夫妻诞下一子。不幸的是，那也是一个驼子，然而丈五郎却欣喜万分。同时，他不知从哪里拐来了同岁的道雄。

1900年——返回娘家的梅野女儿春代（春雄的亲生女儿，樋口家的正统继承人）与同村的青年结婚。

1905年——春代诞下大女儿初代，也就是随后的木崎初代——被丈五郎害死的我的恋人木崎初代。

1907年——春代诞下二女儿阿绿。同年，春代的丈夫去世，家人相继离世的她无依无靠，只得顺着母亲的关系来到岩屋岛，借住在丈五郎家中。显然她是着了丈五郎的道。故事开头曾提到，初代梦见自己在荒凉的海边照看婴儿，就是发生在这期间的事，而这个婴儿正是二女儿阿绿。

1908年——丈五郎终于露出了狼子野心。他意图用梅野的女儿春代弥补自己在梅野身上所受的伤。不堪受辱的春代连夜带着初代逃了出去。然而她的二女儿阿绿却落入了丈五郎的魔爪。

春代辗转来到大阪，终因无力生存而抛弃了初代。就这样，初代被木崎夫妇给捡了去。

以上就是通过德叔的讲述和我的想象所勾勒出的樋口家简史。由此可见，初代才是樋口家的正式继承人，丈五郎不过是女佣之子。若是地下真的埋藏着宝藏，那它的的确确归初代所有。

但遗憾的是，我们并不清楚诸户道雄的亲生父母是谁。这一点只有丈五郎才知道。

"啊，你拯救了我。你的这番话让我下定决心，无论如何都要回到陆地，向丈五郎逼问出我的亲生父母究竟何在！"道雄激动地一跃而起。

与此同时,一种没来由的预感让我的心头如小鹿乱撞。我必须向德叔证实这件事。

"你说春代有两个女儿,初代和阿绿。春代离开家时,二女儿阿绿落入了丈五郎的魔爪。从时间上推算,她现在应该芳龄十七。阿绿究竟身在何处?她还活着吗?"

"啊,我忘记说了。"德叔补充道,"她还活着,但是活得很凄惨,已经不似正常人了。她变成了与生俱来的残疾双胞胎之一。"

"哦哦,难道她就是小秀?"

"是的。阿绿正是如今的小秀。"

这是怎样一种巧合啊!我竟爱上了初代的亲妹妹。若是初代泉下有知,她是否会憎恨我的变心?又或是这奇妙的缘分,完全是出自她灵魂的引导?她将我引到这座孤岛,让我见到了仓库窗边的小秀,使我们对彼此一见钟情。啊,我不能自已地坚信事实就是如此。若初代的灵魂真的拥有如此强大的力量,她或许能够保佑我们顺利寻得宝藏。到了那时,我们就能逃离这地下迷宫,再次与小秀相会。

"初代、初代,你一定要保佑我们啊。"我向心中那令人怀念的身影默默祷告。

疯狂的恶魔

接下来,我们再次踏上了漫长的地狱之旅。饿了就吃生蟹肉充饥,渴了就喝洞穴顶端滴落的些许清水,就这样在无尽的迷宫中徘徊了数十小时。这期间发生了种种痛苦可怕的遭遇,但请允许我一笔带过。

地下世界没有白天与黑夜,我们累了就倒在岩石上呼呼大睡。不知是在第几次醒来之际,耳边突然传来了德叔欣喜若狂的喊声:"我找到绳子了,找到绳子了!你们遗失的麻绳是不是这个?"

突如其来的喜讯让我们激动地一跃而起,赶忙跑到德叔身边一番摸索,发现他手中拿的正是麻绳。也就是说,我们已经来到了入口附近?

"不是的,这不是我们用过的麻绳。蓑浦,你怎么看?我们带来的绳子应该没有这么粗。"道雄质疑道。

我再度细细摸索了一番,发现道雄所言非虚,这确实不是我们用过的麻绳。

"也就是说,有其他人利用引路的绳索进入了这个洞穴?"

"肯定是的,而且还是在我们之后进来的。毕竟我们进来的时候,井口并没有系这样的麻绳。"

究竟是什么人追随我们进入了这地下迷宫呢？对方究竟是敌是友？但丈五郎夫妇被关在仓库，除此之外只剩下残疾人。啊，该不会是前些天划船外出的诸户家佣人回来后，发现了古井的入口？

"不管怎么说，我们就顺着这段绳索继续前进吧。"

按照道雄的意见，我们沿着引路的绳索一路前行。

走了约莫一个小时，前方隐隐透出光亮，看来确实有人顺着绳索进入了地下。那光正是透过蜿蜒的岩壁反射的烛光。

我们握紧口袋里的小刀，为避免脚步声造成回音，蹑手蹑脚地前进着。每拐一个弯，亮度都会增加几分。

转过最后一个拐角，我看到烛光正在岩石转角的另一端无力地摇曳着。吉凶难料的情况让我双腿打战，几乎已经没有力气继续前进了。

就在此时，岩石的另一边突然传来了异样的叫声。我竖起耳朵，发现那并非普通的叫声，而是歌声。我从未听过如此可怕的歌声，音调和歌词全都混乱不堪。在回声的作用下，那声音更是化作了野兽的诡异叫声。没想到能在这种地方听到如此异常的歌声，一种不寒而栗的感觉瞬间向我袭来。

"是丈五郎。"走在最前方的道雄探头望向岩石转角，立刻惊讶地回身向我们说道。

为什么被关在仓库的丈五郎会来到这种地方？他又为什么要唱出如此诡异的歌？我完全是丈二和尚摸不着头脑。

歌声的曲调越发高昂与癫狂。随之而来的还有金属清脆的碰撞声，如同在为歌声伴奏一样。

道雄又探头看了一眼，随后说道：

"丈五郎已经疯了。这也难怪，你们看看这光景。"

说着，道雄大踏步地走向岩石的另一端。听闻丈五郎已然疯狂，我们也匆忙跟了上去。

啊，我这辈子都不会忘记此时出现在我眼前的奇特光景。

丑陋的驼子老翁一边发出不知是歌声还是叫喊的声音，一边疯狂地起舞。红彤彤的烛光照亮了他的半边面孔。他的脚下金光灿灿，宛如银杏落叶一般。

丈五郎将双手探入存放在洞穴角落的瓮中，在手舞足蹈的同时抛出了手中的东西。顷刻间，金色的雨珠伴随着噼啪作响的奇妙声响纷纷掉落到地上。

幸运的丈五郎抢在我们前面找到了地下宝藏。没有遗失引路绳索的他不像我们那样一直在原地打转，而是很快就找到了目的地。但这幸运又促成了一场悲剧，堆积成山的惊人黄金让他彻底陷入癫狂。

我们走过去拍拍丈五郎的肩膀，试图让他恢复清醒，但他只是眼神空洞地看向我们，嘴里继续唱着含糊不清的歌曲，甚至连敌意都失去了。

"我知道了，箕浦。就是这家伙切断了我们的麻绳。他让我们在洞中迷失方向，自己则趁机用其他绳索找到了这里。"道雄恍然大悟道。

"但既然他能来到这里，是不是意味着留在诸户大宅的那些残疾人遇到了麻烦？他们该不会已经出事了吧？"

其实我只是担心心爱的小秀遭遇不测。

"有了这根麻绳，我们就能轻轻松松地出去了。先出去看看情况再说吧。"

道雄留下德叔照看疯狂的丈五郎，与我一起顺着绳索奔向出口。

刑警到达

我们顺利爬出了古井。久违的阳光晃得我们头晕目眩。就在我们手牵着手奔向诸户家正门之际，一个西装革履的陌生男性拦住了我们的去路。

"喂，你们是什么人？"看到我们出现，男性毫不客气地问道。

"你又是谁？你不是这座岛上的人吧？"道雄反问道。

"我是警察，是来调查这座宅院的。你们和这个家有什么关系？"

出乎我们意料的是，这位西装革履的男性竟然是刑警。真是天助我也，我们赶忙自报家门。

"不要胡说。我知道诸户和蓑浦来到了这座岛，但他们没有你们这般衰老。"

刑事的话让我们一头雾水。他究竟看到了什么，才会误以为我们"这般衰老"呢？

我和道雄下意识地四目相视。不看不要紧，我们都被对方给吓到了。

站在我面前的完全不似几天前的诸户道雄。他衣衫褴褛、蓬头垢面、眼睛凹陷，整张脸活似一个骷髅，难怪会被刑警误认作是老人。

"你的头发都白了。"道雄讪笑道。他的表情比哭还难看。

看来我的变化比道雄还大。明明我们在肉体上承受的痛苦相差无几，但我的头发却在短短几日的洞穴生活中色素尽失，变得像八旬老翁般雪白。

我曾听说人会因为极度痛苦而一夜白头的奇妙现象，也曾在书上见过类似的例子，但我从未想过这罕见的现象竟会发生在我身上。

但这短短几日间，我不止一次遭受死亡的威胁，甚至更胜于死亡的恐惧。能维持理智已经实属不易，这一头白发正是我维持理智的代价。对我而言，这已是不幸中的万幸了。

同样经历了非人的境遇，诸户的头发却没有出现异常，看来他的心智远比我坚定得多。

我们将登上岩屋岛前后的来龙去脉一五一十地告诉了刑警。

"为什么不去求助警方？你们受的苦完全是自作自受。"听罢我们的故事，刑警毫不客气地指责道。不过，他的脸上仍旧带着微笑。

"因为我本以为恶魔丈五郎是我的亲生父亲。"道雄辩解道。

刑警并非独自来访，还有几个同事与他一道前来。他命令其中二人钻进地下，将丈五郎和德叔带出来。

"请不要挪动引路的绳索，我们还要去拿出金币。"道雄提醒道。

前面提到，池袋警署的北川刑警为了探查少年杂技演员友之助所在的尾崎马戏团，一路追踪到静冈，费尽千辛万苦拉拢了扮演小丑的"一寸法师"，并打探出了马戏团背后的秘密。北川刑警的努力没有白费。他从另一个方向追踪到了丈五郎位于岩屋岛的巢穴，并带着自己的同事进入诸户大宅调查。

刑警们到达之际，一男一女的双头怪物正在诸户大宅上演一场激烈的争斗。自不必说，那怪物正是双胞胎小秀和小吉。

警方控制住二人的情绪并询问情况，小秀便娓娓道出了事情的始末。

原来是看我们进入古井后，嫉妒我与小秀关系的小吉为了给我们找麻烦，勾结丈五郎打开了仓库大门。在此期间，小秀一直拼命反抗，但还是压不住小吉身为男性的蛮力。

重获自由的丈五郎夫妇挥着鞭子，将一群残疾人再度关进仓库。作为有功之人，只有双胞胎小吉幸免于难。

接下来，丈五郎通过小吉的告密打探到我们的行踪，拖着残疾的身体亲自下到井底。在切断我们的麻绳后，他拴上另一根绳索踏入迷宫。丈五郎的驼背妻子和哑巴年姨肯定也起到了助纣为虐的作用。

在那之后，小秀和小吉就彻底反目成仇了。小吉想对小秀为所欲为，小秀则咒骂小吉是个叛徒。随着争吵的不断升级，二人开始动起手来。也就是在这时，他们撞上了来访的刑警。

通过小秀的讲解，了解到真相的刑警们立刻控制住了丈五郎的妻子和年姨，释放了被关在仓库的残疾人。正当他们准备进入地下抓捕丈五郎之际，遇上了迎面赶来的我们。

刑警的话语让我们掌握了在此期间发生的一切。

大团圆

至此，木崎初代（准确来说是樋口初代）、深山木幸吉、友之助三起凶案均已告破。然而还没等到我们报仇，真凶就陷入了癫狂。与此同时，我们也找到了成为这些凶案导火索的樋口家宝藏。我的漫长故事终于可以落下帷幕了。

还有什么遗漏的事情吗？对了，关于业余侦探深山木幸吉，为什么他仅凭一本族谱就能找到岩屋岛的老巢呢？纵使他的洞察力过人，这也明显是非比寻常的吧。

事情结束后，怎么也想不通这一点的我要来了保存在深山木旧友手中的日记，最终在细细翻查过后找出了答案。在1913年的日记上，我看到了樋口春代的名字。此人正是初代的母亲。

前面也曾提到，深山木作风奇特，他虽然没有娶妻生子，却与诸多女性关系亲密，甚至如夫妻般同居。春代也是其中之一。深山木在旅途中救下了无家可归的春代（此时的初代已被遗弃）。

同居两年左右，春代就在深山木的家中病逝了。临近死亡之际，春代将遗弃女儿、族谱的故事以及岩屋岛的一切都告诉了深山木。所以刚一看到那本樋口家的族谱，深山木就立刻赶赴了岩屋岛。

族谱应该是由樋口春雄（丈五郎同父异母的哥哥）传给其妻梅野，再由梅野传给春代，最后由春代传给了初代。他们并不知道这本族谱的真正价值，只是在坚守祖先留下的由正式继承人接管族谱的遗训。

然而丈五郎又是如何得知族谱中隐藏着暗号的呢？根据其妻描述，丈五郎是在无意间看到了祖先留下的日记，才发现了个中缘由。日记上清楚地记载着将传家宝藏的秘密隐藏在了族谱中。

但此时春代已经逃离了这个家，丈五郎的发现根本毫无意义。他便命令驼背的儿子到处打探春代的行踪，然而漫无目的地寻找不亚于大海捞针。直到1924年，他才终于打探到族谱就在初代手中。接下来丈五郎是怎样为了拿到族谱而大费周章，相信各位读者已经了然于心。

樋口家的祖先从事人称倭寇的海盗营生。他们烧杀掳掠，抢尽了大陆沿海一带的财宝。由于担心会被领主没收，他们将财宝埋藏在深深的地下，并将藏匿地点代代相传。然而不知为何，春雄的爷爷在将编写的暗号藏进族谱后，没有将暗号的秘密告知子孙后代，就撒手人寰。据德叔回忆，春雄的爷爷是因脑梗而突发死亡的。

自此，直到丈五郎在古老的日记中察觉这个秘密，樋口一族都对宝藏一无所知。

不过我们也有理由相信这个秘密被樋口一族以外的人知道了。那就是十年前，由K港来到岩屋岛的诸户家做客后，最终浮尸魔窟的怪异男性。他显然是通过古井进入了地下，我们也找到了相关踪迹。丈五郎的妻子记得这名男性，她说此人是樋口家祖先佣人的后代。多半是此人的祖先察觉到财宝藏匿地点，并留下了字据吧。

过去的事情先说到这里，最后让我再简单讲讲其他登场角色，为这个故事画上一个句号吧。

首先要说的是我的恋人小秀。她的真实身份正是初代的亲妹妹阿绿。作为樋口家唯一的正统继承人,地下的宝藏全部归她所有。根据当时的市价计算,那些财宝价值近百万。

如今的小秀俨然成了一位百万富翁,而且她不再是丑陋的连体双胞胎了。道雄用手术刀分开了她和野蛮人小吉。他们本就不是真正的连体双胞胎,轻轻松松地就恢复成了两个独立个体。当小秀的伤口彻底愈合,她盘起头发、化好妆,穿上美美的绉纱和服站在我面前说出流利的普通话时,相信不必我多言,各位读者就足以体会到我当时激动的心情吧。

很快,我与小秀就喜结连理,百万宝藏成了我们共有的财产。

经过协商,我们在湘南片濑的海边盖了一栋精致的宅院,专门当作残疾人之家。为了将功补过,弥补樋口家族出现了丈五郎这样的恶魔,我们将没有自理能力的残疾人接到这里,让他们度过幸福快乐的余生。我们的第一批客人正是从诸户大宅接来的大量人造残疾人。丈五郎的妻子和哑巴年姨也包括其中。

残疾人之家旁边还盖了一座整形外科医院,目的是竭尽全力帮助残疾人恢复正常生活。

丈五郎、他的驼背儿子和诸户大宅的所有佣人全都被判了刑。初代的养母木崎则被我们接到家中养老。小秀唤她"母亲",对她百般孝顺。

道雄从丈五郎的妻子口中得知了自己真正的身世。他家是位于纪州新宫附近某座村子的富农，父母兄弟全都健在。道雄立刻动身返乡去见早已认不出来的父母，实现了时隔三十载的返乡。

我本想等道雄返回东京后，邀请他成为我所开设的外科医院的院长，然而他却在返乡不到一个月的时候骤然病逝。一切都在好转，唯有这件事令我抱憾终生。他的父亲在讣闻中这样写道：

道雄在弥留之际，没有呼唤自己的父母，而是抱着您的来信，不断呼唤着您的名字。